Heidi Schmidt

DER
BUMERANG-
BRIEF

BLB-Verlag

Bibellesebund Verlag
Winterthur/Marienheide

Heidi Schmidt

DER
BUMERANG-
BRIEF

BLB-Verlag

Bibellesebund Verlag
Winterthur/Marienheide

Bibelzitate aus
»Hoffnung für alle«,
1. Auflage der revidierten Fassung,
Brunnen Verlag Basel, 2002

ISBN 3-87982-788-5

1. Auflage 2005
© der deutschsprachigen Ausgabe
by Bibellesebund Winterthur, Schweiz
Umschlaggestaltung: Mehrblick Grafik & Design, Pforzheim
Titelfotos: Hintergrundbild: PhotoDisc; Titel: Reading a letter
           Bild von Paar: PhotoDisc; Titel: Couple embracing
           on beach in blanket
Satz: Vaihinger Satz + Druck, Vaihingen/Enz
Druck und Bindung: Ebner & Spiegel, Ulm
Printed in Germany

ecpa International Member of the
Evangelical Christian
Publishers Association

INHALT

1 | DER LIEBESBRIEF

Langsam begann der große Pappkarton zu rutschen. Jackie rief noch: »Nein!«, aber er war nicht mehr aufzuhalten. Und dann hatte sie die Bescherung: Der gesamte Inhalt des Kartons lag auf dem Fußboden des Dachbodens. Etwas blass und erschrocken sah Jackie auf die Briefe, Bilder, Figuren, Muscheln und die vielen anderen Gegenstände. Ein Glück, dass außer ihr niemand zu Hause war! Schnell setzte sie sich auf den Boden und begann alles wieder einzuräumen. Eine kleine Flasche war bei dem Sturz zerbrochen und der Inhalt – irgendein merkwürdiger Saft – verlieh dem Boden nun einen netten modischen Akzent.

»Mist!«, murmelte Jackie. Warum war sie auch so blöd gewesen, unbedingt sehen zu wollen, was das für ein Bild da oben auf dem Dachbodenschrank war? Den darauf liegenden Karton hatte sie nicht sehen können, sondern einfach nur den Bilderrahmen heruntergezogen. Tja, und nun hatte sie den Salat. Offenbar waren das alles irgendwelche Erinnerungsstücke von Mama. Jedenfalls war sie auf vielen der Fotos zu sehen. Der Frisur nach, die Mama da hatte, musste sie mal in einer Geisterbahn gearbeitet haben. Sah ja grauenhaft aus! Und diese Klamotten! Dass man sich mit so was tatsächlich mal auf die Straße getraut hatte! Jackie grinste. Kein Wunder, dass sie diese Bilder noch nie zu Gesicht bekommen hatte. War Mama bestimmt viel zu peinlich!

Jackie wandte sich nun einem Stapel Briefe zu. Ob sie

mal einen lesen sollte? Eigentlich machte man so was ja nicht, die Briefe von anderen zu lesen, und Mama wäre davon bestimmt nicht gerade begeistert – aber andererseits mussten Mütter ja auch nicht alles erfahren, oder ...? Die meisten der Briefe trugen Papas Adresse als Absender. Waren bestimmt Liebesbriefe ...! Neugierig nahm Jackie einen heraus. Schon bei den ersten Zeilen bekam sie einen Lachanfall. Papa betitelte Mama mit allen möglichen ausgefallenen Spitznamen, so was wie »Mäusezähnchen«, »Zuckerkeksen« oder »Schnuffelhäschen«. Der hatte damals ja noch richtig Fantasie! Kaum zu glauben, dass Papa mal solche Briefe geschrieben hatte! Heute nannte er Mama nur ganz schlicht Karin oder bestenfalls noch »Schatz«. Letzteres aber eigentlich nur, wenn er ihr erklärte, dass er mal wieder wegen irgendeiner Sitzung später nach Hause kommen würde. Jackie las weitere Briefe. Sehr romantisch, das alles! Wirklich erstaunlich, dass diese Briefe von dem dauergestressten, hektischen Mann stammten, den Jackie – wenn sie Glück hatte – meist kurz morgens und ein paar Stunden am Wochenende sah und den sie ihren Vater nannte! Gerade las sie einen Brief, in dem er schrieb, wie er sich sein Leben mit seinem »Zuckerkeksen« einmal vorstellte: Romantische Sonnenuntergänge auf der Veranda beobachten und dabei über den Tag mit den drei oder vier Kindern sprechen, Ausflüge mit der ganzen Familie, einen fröhlichen Start in den Tag mit dem gemeinsamen Frühstück und vieles mehr. Irgendwie sah die Wirklichkeit jetzt doch ziemlich anders aus. Paps verschwand meist ins Büro, bevor Jackie überhaupt zum Frühstück kam. Romantische Sonnenuntergänge konnte Papa nur vom Büro aus beobachten – was er vermutlich aber nicht tat –, und über drei bis vier Kinder konnte er auch nicht reden, denn Jackie war ein Einzelkind. Jackie sah noch einmal auf den Absender. Ja, der Brief war wirklich von Papa. Schon seltsam, wie sehr sich Menschen offenbar veränderten.

Jackie holte noch einen Brief aus einem Umschlag, auf dem kein Absender stand. Dafür befand sich in dem Brief noch ein altes Foto. Es zeigte Mama im Arm eines Mannes, den Jackie zuvor noch nie gesehen hatte. Der Typ schien 'ne Ecke älter gewesen zu sein als Mama. Vielleicht so um die 35. Mama war auf dem Bild höchstens 25. Ob das mal ihr Freund gewesen war? Mama hatte noch nie was davon erzählt, dass sie vor Papa schon andere feste Beziehungen gehabt hatte. Aber irgendwie war das vermutlich gar nicht so unwahrscheinlich. Sah nett aus, der Typ, aber ganz anders als Papa. Wer das wohl war? Leider stand nichts auf der Rückseite. Schade! Jackie steckte das Foto in eine Tasche ihrer Hose und sah sich dann den beiliegenden Brief an, der dem Schriftbild nach nicht von Papa stammte. Überhaupt sah er eigenartig aus. Die Schrift war verschmiert, als hätte jemand geheult, als er ihn schrieb oder las. Und das Ende des Briefes war angeschmort, als habe man den Brief verbrennen wollen und es sich im letzten Moment doch noch anders überlegt. Merkwürdig. Neugierig begann Jackie zu lesen:

»Liebe Karin, nun kennst du mich schon so lange und hast doch immer noch Zweifel daran, dass ich dich liebe, mehr liebe als jeder andere. Das macht mich traurig und deshalb möchte ich dir in diesem Brief noch einmal sagen, was du mir bedeutest. Du bedeutest mir so unendlich viel, als wärst du der einzige Mensch auf dieser Welt. Ich will immer für dich da sein, dein ganzes

Leben mit dir teilen. Bitte bleibe bei mir! Ich vergebe dir alles, was du getan hast. Ich liebe dich trotz allem immer noch, auch wenn du mir das vielleicht nicht glaubst. Ich weiß, es ist schwer zu verstehen, aber ich versichere dir: Ich habe nie aufgehört, dich zu lieben, was auch immer vorgefallen ist! Es hat mich sehr traurig gemacht, was du getan hast, ja, aber ich lasse dich deshalb nicht hängen. Vertrau mir und fang noch einmal neu mit mir an! Mach jetzt nicht einen ganz großen Fehler, den du vielleicht einmal sehr bereuen wirst! Überleg dir gut, ob du Stefan wirklich heiraten und dein ganzes Leben mit ihm verbringen willst! Ich weiß, dass du ihn liebst – aber willst du dafür deine Liebe zu mir wirklich opfern? Hast du nicht so viele gute, ja unglaubliche Dinge mit mir erlebt? Hast du nicht hundertfach gesehen, dass ich immer zu dir halte, egal, was passiert? Willst du das alles wirklich aufgeben für Stefan? Es ist deine Entscheidung und die kann dir niemand abnehmen. Aber es ist ganz sicher eine der wichtigsten Entscheidungen deines Lebens. Also denk gut darüber nach. Egal, wie du dich auch entscheidest: Ich werde nie aufhören, dich zu lieben, und ich werde darauf warten, dass du zu mir zurückkommst. Glaub mir ...«

An dieser Stelle war der Briefbogen zu Ende. Wie der Brief wohl weitergegangen war? Jackie las ihn noch einmal. Das Datum oben in der rechten Ecke zeigte, dass der Brief vor etwa siebzehn Jahren geschrieben worden war. Also kurz vor der Hochzeit von Mama und Papa. Komisch, dass Mama gerade zu dieser Zeit so einen Brief von einem anderen Mann bekommen hatte! Jackie war sich jedenfalls sicher, dass der Mann auf dem Foto ihr diesen Brief geschrieben haben musste. Offenbar hatte es da *noch* einen Typen in ihrem Leben gegeben! Jackie holte das Foto aus der Hosentasche, das Mama im Arm des Unbekannten zeigte. Dieser Typ hatte Mama also noch kurz vor der Hochzeit so einen Liebesbrief geschrieben! Jackie merkte, wie diese ganze Sache sie innerlich aufwühlte. War sie da vielleicht einer Affäre auf die Schliche gekommen, von der Papa gar nichts wusste? Einem Liebhaber, mit dem Mama noch kurz vor der Hochzeit zusammen gewesen war, obwohl sie doch fast zwei Jahre mit Papa verlobt gewesen war? Dieser Typ, der den Brief geschrieben hatte, schien ja bis über beide Ohren in Mama verknallt gewesen zu sein! Und er schrieb da von vielen unglaublichen Erfahrungen und so. Demnach musste Mama ja eine ganze Zeit mit dem zusammen gewesen sein. Plötzlich fiel Jackie etwas ein, und das ließ es ihr eiskalt den Rücken herunterlaufen. Als Mama heiratete, war sie mit ihr schwanger! Was, wenn Papa gar nicht ihr leiblicher Vater war, sondern dieser Mann auf dem Foto? Jackie schluckte. Ihr wurde fast schlecht. Sie saß wie erstarrt da und tausend Gedanken purzelten in ihrem Kopf wild durcheinander. Das konnte doch nicht sein, oder? Aber die beiden schienen sich ja mal total geliebt zu haben! Vielleicht hatte sie diesen Typen mehr geliebt als Papa und Papa nur wegen der Kohle geheiratet …? Aber Mama würde doch so etwas niemals tun, oder? Die würde doch nicht mit einem anderen Kerl was anfangen, wenn sie mit Papa verlobt war! Und Mama hatte ja auch Papas romantische Liebesbriefe aufgehoben, also musste er ihr doch wohl etwas bedeutet haben, oder? Aber was sollte dann dieser Brief? War das vielleicht nur ein blöder Scherz? Nein, mit so etwas machte man keine Scherze. Und dann hätte Mama ihn wohl auch nicht aufgehoben. Bis zu diesem Augenblick hatte Jackie noch gedacht, sie würde ihre Mutter ziemlich gut kennen, doch nun brach alles wie ein Kartenhaus zusammen. Jackie sah auf das Foto. Sah ihr der Mann nicht ähnlich? Der hatte auch blaue Augen, genau wie sie. Mama hatte braune Augen. O.K., Papa hatte auch blaue Augen, aber trotzdem ... Ein bisschen ähnlich sah sie diesem Mann schon, oder?

Jackies Hände begannen zu zittern. Sie war wie versteinert, unfähig etwas zu tun oder einen klaren Gedanken zu fassen. Ihre schöne heile Welt war ins Wanken geraten. Wäre sie bloß nicht auf den Dachboden gekommen, um ihre alten Asterix-Hefte für den Flohmarkt zu suchen! Hätte sie wenigstens nicht das Bild heruntergeholt oder zumindest nicht die Briefe gelesen! Dann wäre jetzt noch alles in Ordnung! Aber jetzt halfen auch keine Vorwürfe mehr, sie wusste nun etwas, das sie lieber nicht wissen wollte. Vor allem aber hatte sie keine Ahnung, wie sie mit ihrer Entdeckung umgehen sollte.

»Jorine? Wo bist du denn, Kind?«, hörte sie es plötzlich von unten.

Jackie schreckte hoch. Das war Oma! Nur sie nannte Jackie noch Jorine, was Jackie gar nicht mochte. (Zum Glück benutzten alle anderen inzwischen ihren Spitznamen, der sich von ihrem Nachnamen Jackesch ableiten ließ. Jackie gab diesen Namen immer als ihren richtigen Namen an, denn sie wollte nicht, dass jemand auch nur auf die Idee kam, dass sie in Wirklichkeit »Jorine« hieß. Sie konnte diesen Namen nicht ausstehen – so hieß doch sonst keine in ihrem Alter! Aber was machte Oma denn hier? Die kam auch immer zu den ungünstigsten Zeiten! In Windeseile und so leise wie möglich packte Jackie alle

Sachen wieder in den Karton und hievte ihn auf den Schrank. Nur das alte Foto und den merkwürdigen Brief behielt sie und steckte beides in die Hosentasche. Jetzt nichts wie runter, bevor Oma etwas merkte! Sonst stellte sie nur wieder dumme Fragen, so was wie: »Was hast du denn auf dem Dachboden gemacht?« Oma würde so lange weiterfragen, bis sie auch die kleinste Einzelheit aus Jackie herausgequetscht hatte. So machte sie das immer. Und Jackie schaffte es nicht, Oma anzulügen. Oma musste irgendwie einen siebten Sinn haben, jedenfalls merkte sie Jackie immer sofort an, wenn sie log oder wenn sie etwas stark beschäftigte. Und Jackie hatte nicht die geringste Lust, mit Oma über ihren Fund auf dem Dachboden zu reden. Sie musste das Ganze erst mal selbst verarbeiten. Außerdem würde Oma sie bestimmt bei Mama verpetzen, und dann gab es Ärger, weil Jackie in fremden Sachen geschnüffelt hatte. So was konnte Mama nicht ausstehen.

Jackie schaffte es gerade noch rechtzeitig, sich leise ins Badezimmer zu verdrücken und sich einzuschließen, bevor Oma die Türklinke hinunterdrückte. Oma suchte immer in allen Zimmern, wenn man sich nicht sofort meldete, aber ins Badezimmer schaute sie ulkigerweise immer zuletzt.

»Ach, hier bist du, Schätzchen!«, hörte sie Oma jetzt. »Warum sagst du denn nichts, wenn ich dich rufe?«

»Was machst du denn hier, Oma?«, stellte Jackie eine Gegenfrage, ohne auf die von Oma einzugehen.

»Ich habe mit deiner Mutter telefoniert und sie hat gesagt, dass es heute später werden kann! Die feiern da im Betrieb noch Geburtstag. Das ist ja typisch für deine Mutter, dass sie immer vergisst, dir so etwas vorher zu sagen. Tja, ich wollte mal nach dir schauen und dir was zu essen kochen. Hast du einen Wunsch?«

Aha, Mama machte sich mal wieder einen tollen Tag mit den Kollegen und lieferte sie einfach Oma aus! Na klasse! Und das am ersten Ferientag! Dabei hatte Mama fest versprochen, heute mal mit ihr in der Innenstadt shoppen zu gehen! (Hier in Hamburg konnte man damit locker einen ganzen Tag verbringen, aber Jackie konnte schon froh sein, wenn Mama sich mal *ein paar Stunden* dafür Zeit nahm – so gestresst, wie die immer war!) Aber das war ja klar: So eine dämliche Geburtstagsfeier von irgendeinem Typen war natürlich bedeutend wichtiger als die eigene Tochter!

»Mach mir einfach Spagetti mit Soße!«, sagte Jackie etwas frustriert.

»Das ist aber gar nicht gesund, Schätzchen! Ich mache dir lieber Kartoffeln und Grünkohl! Ich habe extra frischen gekauft«, erwiderte Oma und ging weg.

»Nee, keinen Grünkohl! Ich hasse Grünkohl!«, rief Jackie noch, aber sie wusste, dass ihr Einwand nichts ändern würde. Warum fragte Oma sie eigentlich, was sie essen wollte, wenn sie sowieso schon längst entschieden hatte, was es geben würde?

Na ja, egal, Jackie war im Moment eh nicht nach Essen zumute. Als Oma den Geräuschen nach in der Küche verschwunden sein musste, ging Jackie in ihr Zimmer und schloss sich ein. Sie wollte in Ruhe über den Brief nachdenken und dabei nicht am Ende noch von Oma überrascht werden. Oma – Papas Mutter – hatte sowieso schon so oft was an Mama auszusetzen, da würde ihr so ein Skandal wie eine Affäre ihrer Schwiegertochter kurz vor der Hochzeit gerade recht kommen, um Mama so richtig fertig machen zu können und ihren »lieben Stefan« vielleicht sogar dazu zu bringen, sich scheiden zu lassen. Oma nutzte doch jede Chance, um einen Keil zwischen die beiden zu treiben. Schon deshalb konnte Jackie sie nicht ausstehen. Und dann behandelte Oma sie immer noch wie ein Kleinkind. *Schätzchen!* So redete man doch keine 16-Jährige an, oder? Höchstens eine Vierjährige! Aber was konnte man von Oma schon erwarten?!

Jackie setzte sich an ihren Schreibtisch und sah auf das Foto, das ihre Mutter in den Armen des wesentlich älteren Mannes zeigte. Sie musste unbedingt herausfinden, wer dieser Typ war! Wenn dieser Mann vielleicht wirklich ihr leiblicher Vater war, dann ... ja, was dann? Jackie atmete tief durch. Na ja, wahrscheinlich war das Quatsch ... Das hätte Mama ihr doch sonst bestimmt schon gebeichtet oder sich zumindest mal verplappert oder so ... Sie musste diesen Typen finden! Irgendwie! Auf jeden Fall! Aber wie sollte sie das anstellen? Sie konnte ja schlecht zu Mama gehen und sagen: »Guck mal, Mama, das Foto und den Brief habe ich auf dem Dachboden gefunden, was hat denn das zu bedeuten?« Mama würde ihr in diesem Fall ordentlich den Marsch blasen, weil sie geschnüffelt hatte. Und dann würde sie ihr Brief und Foto wegnehmen und irgendeine frei erfundene Begründung liefern! Jedenfalls würde sie garantiert nicht zugeben, dass sie noch kurz vor der Hochzeit was mit diesem Kerl laufen hatte, wenn sie das bis jetzt nicht getan hatte! Das war klar wie Kloßbrühe! Nein, das Ganze musste man anders anpacken! Am besten war es, wenn man jemanden fragte, der Mama noch gut von damals kannte. Jemanden aus ihrer Jugendzeit. Da kannte Jackie eigentlich nur zwei Leute: Oma Christel und Onkel Arne. Aber Oma Christel, Mamas Mutter, lebte in einem Altenheim und litt so stark unter Alzheimer, dass sie sogar ihre Verwandten schon nicht mehr erkannte. Die schied also aus. Und Onkel Arne, Mamas Bruder? Zu dem hatte Mama seit Jahren so gut wie keinen Draht mehr. Onkel Arne war ein einfacher Bauer und damit sozusagen »weit unter Papas Niveau«, was er ihn früher auch bei jedem Besuch spüren ließ. Irgendwie waren die beiden so gar nicht auf derselben Wellenlänge. Irgendwann hatten sie dann den Kontakt völlig abgebrochen. Wenn Jackie jetzt sagte, sie wolle Onkel Arne besuchen, dann wirkte das ziemlich merkwürdig und Mama schöpfte vielleicht irgendwie Verdacht ... Sie musste sich eine gute Ausrede überlegen, warum sie Onkel Arne unbedingt besuchen musste. Aber welche?

2 | AB ZU ONKEL ARNE

»Du, Mama ...«, begann Jackie zögernd, als ihre Mutter sich mit einer Tasse frisch gebrühten Kaffees an den Küchentisch gesetzt hatte.

»Bist du noch sauer wegen dem Shoppen? Ich weiß, ich hatte dir das versprochen, aber ich habe überhaupt nicht daran gedacht, dass Jürgen heute Geburtstag hat, und da konnte ich nicht einfach so verschwinden, die sind *alle* noch dageblieben!«, unterbrach Mama sie.

»Ist schon O.K., verstehe ich ja ... Du hättest mir allerdings nicht gleich Oma auf den Hals hetzen müssen!«, erwiderte Jackie.

»Das wollte ich auch gar nicht! Sie rief mich an und wollte wissen, wann ich heute nach Hause komme, weil ich ihr noch Medikamente aus der Apotheke mitbringen sollte. Ja, und als ich ihr sagte, dass es wegen des Geburtstags später wird, fühlte sie sich sofort verpflichtet, hier nachzuschauen, ob ich dich auch nicht verhungern lasse. Tut mir Leid!«, erklärte Mama. Omas Abneigung gegen ihre Schwiegertochter beruhte auf Gegenseitigkeit.

»Hm ... schon gut ... Du, Papa hat ja gesagt, dass ihr mir noch einen Urlaub bezahlen würdet, wo schon aus unserer Kreuzfahrt nichts geworden ist und ... ich habe mir überlegt, dass ich doch was ganz Verrücktes machen könnte! Und da dachte ich, ich könnte doch zwei Wochen zu Onkel Arne auf den Bauernhof fahren und da mithelfen! Das wäre mal was anderes! Das machen die anderen in meiner Klasse bestimmt nicht!« Jackie sah ihre Mutter an. Die verschluckte sich fast an ihrem Kaffee.

»Was? Du willst zu Arne? In den stinkenden Kuhstall? Das ist ein Witz, oder?«

»Nee, ehrlich, ich würde tierisch gerne mal Traktor fahren und im Kuhstall die Kühe füttern und so!«, behauptete Jackie, obwohl ihr schon bei dem Gedanken an den Gestank dort fast schlecht wurde.

»*Du* willst Kühe füttern? Und vielleicht noch den Stall ausmisten? Ich glaubs ja nicht!«, lachte Mama.

»Was ist denn daran so dramatisch? Wenn andere das können, werde ich das wohl auch noch schaffen, oder?«, gab Jackie fast trotzig zurück.

»Na ja, ich glaube, du stellst dir das ein bisschen einfach vor. Ich kenne das ja noch aus meiner Kindheit, aber *du* ... Wird 'ne ziemliche Umstellung! Vielleicht solltest du lieber Ferien auf einem Reithof machen! Die Schönbergers haben eine Tochter, die macht auch immer Reitferien und findet das ganz toll. Soll ich die mal fragen, wo das Mädel da hinfährt?«, fragte Mama.

»Nee, ich will zu Onkel Arne!«, entgegnete Jackie.

»Dein Vater flippt aus, wenn er das hört! Seine Tochter in einem Schweinestall beim Ausmisten! Ha! Da dreht sich ihm doch der Magen um! Und dann noch bei Arne! Vielleicht könnte ich mich ja mal bei einem anderen Bauern umhören ...«, meinte Mama nun.

»Nee, ich will unbedingt zu Onkel Arne! Ich habe den schon so lange nicht mehr gesehen, und das ist doch mein Verwandter, und überhaupt! – Müssen wir Papa das denn unbedingt sagen? Ich meine, dem kann es doch egal sein, wofür ich sein Geld ausgebe, oder? Wir könnten ihm ja sagen, dass ich Reitferien mache, und dann reite ich halt mal 'ne Runde bei Onkel Arne!«, schlug Jackie vor.

»Onkel Arne hat aber gar keine Pferde. Nur Kühe und Schweine, soweit ich weiß!«, wandte Mama ein. »Und Onkel Arne hat bestimmt auch keine Lust, dich aufzunehmen!«

»Ich kann ihn ja mal fragen! Und wenn er wirklich keine Lust hat, dann können wir ja immer noch weitersehen«, erwiderte Jackie.

»Also, ich glaube nicht, dass das so eine gute Idee ist ... Aber wenn du unbedingt willst – dann versuch es von mir aus. Aber sag deinem Vater kein Wort davon, sonst gibt das nichts als Ärger! Er würde es mir nie verzeihen, dass ich dich zu Arne in den Kuhstall lasse. Und Arne musst du schon selbst fragen, ob du kommen darfst! *Ich* rufe da nicht an!«, entschied Mama.

»O.K., ich rufe an! Danke!«, sagte Jackie und sauste zum Telefon. Sie wollte keine Zeit verlieren.

»Hallo, Onkel Arne, hier ist Jackie«, sagte Jackie aufgeregt, kaum dass sich Onkel Arne gemeldet hatte.

»*Wer* ist da?«, kam es vom anderen Ende.

Erst in diesem Moment fiel ihr ein, dass sie ja schon seit einigen Jahren nicht mehr bei Onkel Arne angerufen hatte und er ihren Spitznamen Jackie noch gar nicht kannte.

»Jorine Jackesch, deine Nichte!«, sagte Jackie deshalb.

»Jorine? Das ist ja 'ne Überraschung!«, sagte Onkel Arne erstaunt. »Wie komme ich denn zu *dieser* Ehre?«

»Also, ich habe Ferien und mir ist so langweilig ... Und da kam ich auf die Idee, dass ich dich ja mal besuchen könnte und dir helfen oder so ...«, erklärte Jackie zögernd.

»Du willst mir helfen? Wird das hier ›versteckte Kamera‹ oder so was?« Onkel Arne schien ziemlich platt zu sein.

»Nee, ehrlich! Ich würde gerne mal zu dir kommen und auf dem Bauernhof mithelfen und so. Wir haben uns ja auch schon so lange nicht mehr gesehen!«, erwiderte Jackie.

»Das ist nicht *meine* Schuld, da kannst du dich bei deinem Herrn Vater beschweren, Jorine! Dem bin ich ja nicht elegant genug, dem feinen Herrn in seinem Nadelstreifenanzug. Was sagt der überhaupt zu deinen plötzlichen Anwandlungen, mich besuchen zu wollen?«, fragte Onkel Arne nun.

»Ach, das geht schon in Ordnung. Mach dir darüber keine Gedanken! Mama ist jedenfalls einverstanden. Also, darf ich kommen? Für eine Woche oder so? Ich bezahle auch dafür!«

»Jaja, mir war schon klar, dass du jetzt gleich wieder mit Geld ankommst. Bei euch dreht sich ja alles nur ums Geld. Und du willst hier wirklich mithelfen? Machst du dir da deine lackierten Fingernägel nicht zu schmutzig?«, fragte Onkel Arne grinsend.

»Ach was, ich bin gar nicht so versnobt, wie du denkst! Ich kann dir bestimmt gut helfen. Also, darf ich?«, hakte Jackie noch einmal nach.

»Von mir aus. Wann willst du denn kommen?«

»Wie wäre es mit morgen?«

»Morgen schon? Na, du gehst ja ran, Mädel! Also gut, meinetwegen. Kommst du mit dem Zug? Dann muss ich dir noch eine Verbindung heraussuchen und mal sehen, wann ich dich abholen kann!«, meinte Onkel Arne.

»Das mach ich schon. Ich schau gleich mal im Internet nach. Und abholen musst du mich auch nicht, ich fahre einfach mit dem Taxi«, erwiderte Jackie.

»Wie du meinst, ihr habts ja. Aber sag mir noch Bescheid, wann du kommst, damit ich dann auch zu Hause bin!«, bat Onkel Arne.

»Ist gut! Also bis dann!«, sagte Jackie.

»Ja, bis dann!«, gab Onkel Arne zurück und legte auf.

»Ja!«, rief Jackie mit verhaltener Freude und schlug mit der Faust in ihre Hand. Es klappte! Nun würde sie herauskriegen, was es mit dem seltsamen Brief auf sich hatte!

Während Jackie durch das Fenster beobachtete, wie die Landschaft an ihr vorbeisauste, spürte sie, wie sie immer aufgeregter wurde. In einer halben Stunde war sie in Kövern, dem Dorf, in dem Onkel Arne wohnte. Dann konnte sie ihn endlich fragen, wer der Mann auf dem Foto war! Jackie atmete tief durch und versuchte, sich zu entspannen. Es war gar nicht so leicht gewesen, sich bei Mama nichts anmerken zu lassen. Als Jackie heute Morgen in Gedanken schon bei Onkel Arne und der Suche nach Mamas ehemaliger großer Liebe gewesen war, hätte Mama fast Verdacht geschöpft, als sie Jackie immer wieder etwas fragte und keine Antwort bekam. Zum Glück hatte sie dann aber gemeint: »Na, du bist wohl gedanklich schon beim Schweinefüttern, was? Hast wohl doch ein bisschen Angst? Aber wenn es dir nicht gefällt, kannst du ja jederzeit zurückkommen!«

Ein bisschen Angst hatte Jackie wirklich, aber nicht vor dem Schweinefüttern, auf das sie – um ehrlich zu sein – überhaupt nicht scharf war. Ihre Angst ging in eine ganz andere Richtung: Was war, wenn dieser Typ auf dem Foto tatsächlich ihr Vater war? Diese Frage hatte sie die halbe Nacht lang beschäftigt. Immer wieder hatte sie das Foto angeschaut und dabei immer mehr festgestellt, dass sie diesem Mann doch irgendwie ziemlich ähnlich sah. Er hatte blonde Haare wie sie, und lächelte er nicht ebenso verschmitzt, wie sie es manchmal tat? Noch etwas war ihr aufgefallen: Papa hatte in seinen Liebesbriefen an Mama damals von *mehreren* Kindern gesprochen, die er einmal haben wollte, doch sie war ein Einzelkind geblieben! Deutete das nicht darauf hin, dass Papa vielleicht zeugungsunfähig war und sie schon deshalb einen anderen leiblichen Vater haben musste? Außerdem war ihr aufgefallen, dass Mama oft zu Papa sagte (wenn es zum Beispiel darum ging, Jackie etwas zu erlauben oder zu verbieten): »Nun sag du doch auch mal was! Jackie ist schließlich auch *deine* Tochter!« War es nicht merkwürdig, dass sie dieses »deine Tochter« immer so betonte, als wollte sie auf jeden Fall verhindern, dass Papa einmal Zweifel daran bekommen könnte …? All diese Gedanken wühlten Jackie fürchterlich auf. Sie war sich inzwischen so gut wie sicher, dass dieser Mann ihr Vater sein musste. Sie nahm noch einmal das Foto aus der Tasche. Sicherheitshalber hatte sie es in ihren Computer eingescannt und sich ein paar Kopien ausdrucken lassen, für den Fall, dass sie das Bild einmal verlor oder es ihr jemand wegnahm. Doch das Original trug sie bei sich. Irgendwie sah der Mann ja ganz nett aus, und Mama machte auch einen ganz glücklichen Eindruck. Aber das konnte auch täuschen! Obwohl, der Brief von ihm war eigentlich sehr nett gewesen! Was Mama wohl angestellt hatte, dass er ihr vergeben musste? Es schien ja etwas ziemlich Schlimmes gewesen zu sein! Oder meinte er, dass Mama ihn mit Papa betrogen hatte? Ja, das war es bestimmt ... Ob der Typ heute wohl immer noch so aussah? Vielleicht hatte er längst eine eigene Familie und ein paar Kinder! Egal, falls dieser Mann ihr Vater war, wollte sie ihn kennen lernen! Unbedingt! Aber was war, wenn er *sie* nicht kennen lernen wollte? Er hatte sich ja offenbar nie wieder gemeldet ... Aber vielleicht wusste er auch gar nicht, dass sie *sein* Kind war – oder er wusste nicht einmal, dass sie überhaupt existierte ...!

Die Lautsprecherdurchsage der nächsten Station unterbrach ihre Gedanken. Hier musste sie aussteigen. Sie war am Ziel. Aber eigentlich war sie jetzt erst ganz am Anfang.

»Hattest du 'ne gute Fahrt, Jorine?«, fragte Onkel Arne, als er mit Jackie in seiner kleinen Küche saß und einen Tee trank.

»Ja, war ganz O.K.«, gab Jackie zur Antwort. »Du kannst mich übrigens Jackie nennen, das ist mein Spitzname, und der klingt besser. Den Namen Jorine finde ich nämlich blöd!«

»O.K., dann also Jackie. Kann dich gut verstehen, ich mag den Namen Jorine auch nicht so besonders. Kann bis heute nicht verstehen, warum dich deine Mutter unbedingt so nennen wollte«, grinste Onkel Arne, und Jackie grinste zurück. Endlich mal einer, der nicht sagte: »Aber Jorine ist doch so ein schöner Name!«

Jackie sah sich um. Es musste schon mindestens sieben Jahre her sein, dass sie das letzte Mal hier gewesen war.

»Ist nicht so schick wie bei euch, was?«, meinte Onkel Arne.

»Ach was, ist doch urgemütlich hier!«, erwiderte Jackie und sah auf die alten, blauen Küchenschränke. An der Wand hing eine alte Uhr und überhaupt wirkte die Küche, als ob in den letzten dreißig Jahren hier keiner etwas erneuert hätte. Doch alles war sauber und ordentlich.

»Na ja, ich lebe hier ja ganz allein, ich brauche nicht so viel«, sagte Onkel Arne fast entschuldigend. »Wie kamst du eigentlich auf die Idee, mich zu besuchen? Deine Eltern hatten diesen Einfall doch garantiert nicht!«

Jackie zögerte. Sollte sie gleich mit der Tür ins Haus fallen und von dem Brief erzählen? – Ach nee, dann hätte Onkel Arne vielleicht den Eindruck, dass sie gar nicht seinetwegen hier war, sondern ihn quasi nur etwas aushorchen wollte! Dieser Eindruck entspräche zwar der Wahrheit, war aber kein besonders netter Grund, wenn man jemanden nach so langer Zeit wieder einmal besuchte. Vielleicht war Onkel Arne dann beleidigt und sagte überhaupt nichts mehr zu der ganzen Sache …

»Ach, ich dachte nur, dass wir uns so ewig lange nicht gesehen haben und so … Außerdem war mir so langweilig. Papa und Mama arbeiten ja beide, und meine Freundinnen sind alle im Urlaub!«, erklärte Jackie und sah Onkel Arne nicht an in der Hoffnung, dass er nicht wie Oma die seltene Gabe besaß, sofort – wie ein Wildschwein die Trüffel – jede Lüge aufzuspüren.

»Aha … Na ja, wir haben uns ja wirklich lange nicht mehr gesehen. Wie geht es euch denn so?«, fragte Onkel Arne. Puh, er schien ihr zu glauben.

»Ganz gut … Mama und Papa sind immer voll im Stress, die sehe ich kaum.«

»Also, immer noch ganz die Alten«, meinte Onkel

Arne. »Tja, dann will ich dir mal dein Zimmer zeigen. Aber erwarte nicht zu viel. Ist alles sehr einfach hier!«

»Keine Angst, ich bin auch mit einer Luftmatratze zufrieden!«, meinte Jackie und folgte Onkel Arne in ein kleines Zimmerchen unter dem Dach. Jackie schaute sich um. Na ja, sah ziemlich altmodisch aus. Ein alter Schrank stand neben einem ebenso alten Bett, an einer Wand stand ein Regal. An einer anderen Wand hing ein großes Gemälde, das einen Hirten mit seinen Schafen zeigte. Es gab weder eine Stereo-Anlage noch einen Fernseher. Nicht gerade das, was sie sonst so gewohnt war.

»Tja, das ist also dein Zimmer für die nächsten Tage ...«, meinte Onkel Arne.

»Prima! Echt gemütlich!«, sagte Jackie und sah aus dem Fenster. Wenigstens der Ausblick entschädigte etwas für die armselige Zimmerausstattung. Von hier aus sah man über nicht enden wollende Wiesen, Felder und Wälder! Richtig romantisch!

»Wow, hier kann man ja superweit gucken! Sieht stark aus!«, rief Jackie begeistert.

»Ja, schön, nicht? So was habt ihr in der Stadt nicht! Und warte erst mal, bis die Sonne untergeht! Das sieht manchmal einfach unglaublich schön aus!«, stimmte Onkel Arne ihr lächelnd zu. »Tja, ich muss wieder in den Stall. Pack doch erst einmal deine Sachen aus und schau dich ein bisschen um! Du kannst die Sachen ... da hinten auf den Stuhl legen. Der Schrank ist leider schon voll. Um acht essen wir dann Abendbrot, ja?«

»Ja, gut. Bis dann!«, sagte Jackie und setzte sich auf das Bett, während Onkel Arne hinausging. Ihren Koffer würde sie nicht auspacken - wozu sollte sie die Sachen auch auf einen Stuhl legen? Da konnten sie ja ebenso gut im Koffer bleiben. Jackie kramte noch einmal das Foto hervor, das sie zu dieser Reise veranlasst hatte. »Ich finde dich ...!«, murmelte sie leise.

Sie steckte das Foto wieder ein und stand auf. Was sollte sie nun machen? Vielleicht war es ganz nett, sich einfach mal etwas im Haus umzusehen. Onkel Arne hatte ja gesagt, sie solle sich »ein bisschen umschauen«. Jackie ging also in den Flur und sah dann nacheinander in die einzelnen Zimmer. Das heißt, einige der Zimmer waren merkwürdigerweise abgeschlossen. Vielleicht hatte Onkel Arne Angst, sie könnte seine »Privatsphäre verletzen« oder so ... Aber komisch war das schon! Egal, dann sah sie sich halt in den Zimmern um, die *nicht* abgeschlossen waren. Sie konnte sich kaum noch daran erinnern, wie es hier aussah; es war schon so wahnsinnig lange her, dass sie das alles zum letzten Mal gesehen hatte.

Jetzt war sie im Wohnzimmer, das für ihren Geschmack auch ziemlich altmodisch und einfach eingerichtet war. Onkel Arne schien noch nicht einmal einen DVD-Player zu besitzen. Viel gab es hier ja nicht zu sehen. Nur in einem Regal standen ein paar Bücher. Vielleicht war wenigstens in den Schränken etwas Interessantes ... Neugierig öffnete Jackie eine Schranktür. Doch das hätte sie vielleicht besser nicht getan ...

3 | KLEINE MITBEWOHNER

Jackie wich erschrocken zurück und hätte am liebsten losgeschrien. In dem Schrank waren lauter durchsichtige Plastikbehälter mit irgendwelchen krabbelnden Käfern, Würmern, Maden und Tieren, von denen Jackie nicht einmal *ahnte*, wie sie hießen.

»Igitt!«, murmelte sie entsetzt und konnte doch den Blick nicht abwenden. Wozu, um alles in der Welt, sammelte jemand solch eklige Viecher? Vielleicht – ja, ganz bestimmt waren in den anderen Schränken auch überall Behälter mit solchen Krabbeltierchen. Jackie lief es kalt den Rücken herunter. Das war ja absolut widerlich! Man musste doch schon krank sein, um so ein Hobby zu haben, oder? Und was war, wenn da mal ein Behälter umkippte und der Deckel irgendwie abfiel und die Viecher dann überall herumliefen ...? Dann kamen bestimmt auch ganz schnell Mäuse und Ratten dazu! Vielleicht sammelte Onkel Arne ja auch solche Tiere! Jackie wurde es fast schlecht. Sie knallte die Schranktür zu und hörte dabei ein Geräusch. Ob sie jetzt einen der Behälter kaputtgemacht hatte? Sie wollte lieber nicht nachschauen, sondern lief stattdessen auf den Hof hinaus. Von diesem Schock musste sie sich erst mal erholen. Am liebsten wäre sie sofort wieder abgereist! Wahrscheinlich waren in den anderen Zimmern noch viel ekligere Tiere, und deswegen hatte Onkel Arne sie vorsichtshalber abgeschlossen! Jackie schluckte. Sollte sie wirklich hier bleiben? – Aber anders würde sie bestimmt nie herausbekommen, wer der Mann auf dem Foto war! Und das wollte sie auf jeden Fall! Jackie gab sich einen inneren Ruck. Da musste sie jetzt durch, das musste sie einfach schaffen! Sie musste ja nicht unbedingt noch weitere Schranktüren öffnen ...! Und am besten, sie ging gar nicht mehr ins Wohnzimmer!

Jackie fühlte sich ein bisschen wie ein Kandidat der Fernsehshow »Ich bin ein Star – holt mich hier raus!«, bei der Prominente alle möglichen Mutproben bestehen sollten, wie z.B. im Dschungel zwischen Schlangen, Kakerlaken und ähnlich sympathischen Tierchen leben und so appetitliche Dinge wie lebendige Heuschrecken oder Maden essen. Eins stand fest: Sie würde keinen Tag länger hier bleiben als unbedingt notwendig! Aber ein paar Tage musste sie das aushalten.

Jackie ging ein bisschen die Dorfstraße hinunter und fühlte sich langsam wohler. Man musste einfach positiv denken! Wahrscheinlich waren nur in diesem einen Schrank diese paar Tierchen, und vermutlich hob Onkel Arne die auch nur für irgendeinen Freund auf, der Wissenschaftler war und diese Käferchen und Maden für irgendwelche Versuche brauchte. Wozu sonst sollte Onkel Arne diesen tierischen Mitbewohnern in seinem Wohnzimmer Asyl gewähren? Andererseits ... Warum hatte Onkel Arne die anderen Zimmer abgeschlossen, wenn er nicht etwas zu verbergen hatte? Jackie fielen alle Tiere ein, vor denen sie sich am meisten ekelte: Würmer, Spinnen, Ratten, Schlangen, Echsen und einige andere. Vielleicht sammelte Onkel Arne ja auch solche Tiere? Allein bei dieser Vorstellung krampfte sich ihr Magen zusammen. Aber wahrscheinlich machte sie sich nur verrückt! Am besten, sie fragte heute Abend Onkel

Arne einfach, was in den Zimmern war und wozu er die kleinen Tierchen in den Behältern brauchte. Bestimmt gab es für alles eine ganz harmlose Erklärung!

»Na, Jackie, hast du dich schon umgesehen? Wie gefällts dir denn? Ist schön hier, oder?«, fragte Onkel Arne gut gelaunt, als er kurz vor acht ins Haus kam, wo Jackie in der Küche schon auf ihn wartete.

»Hm«, brachte Jackie nur hervor und zwang sich zu einem Lächeln.

»Hier kann man wenigstens mal Tiere in natura sehen und nicht nur im Fernsehen! Das ist doch toll, oder?«, fuhr Onkel Arne fort. Jackie, die dabei unweigerlich die kleinen Krabbeltierchen vor ihrem geistigen Auge herumlaufen sah, konnte ihm da noch nicht so ganz zustimmen, nickte aber tapfer.

Onkel Arne kramte ein paar Sachen aus dem Schrank und begann den Tisch zu decken. Jackie konnte sich nur schwer gegen den Gedanken wehren, dass Onkel Arne vielleicht auch im Küchenschrank Mäuse, Käfer und Spinnen aufbewahrte. Wenn dann da mal ein Behälter kaputtging ... Jackie schüttelte sich. Brr! Nur nicht dran denken! Aber die eine Müslipackung sah irgendwie etwas angeknabbert aus ...

»Na, schmeckt es dir? Du musst ordentlich essen, bei mir gibt es nur gesunde Sachen!«, versicherte Onkel Arne.

»Hm, ich habe irgendwie nicht so großen Hunger ...«, meinte Jackie. Genau genommen war ihr nach dem Treffen mit den anderen kleinen Hausbewohnern vorhin jeglicher Appetit vergangen.

»Na ja, das kommt wahrscheinlich davon, dass du erst

mal die ganzen neuen Eindrücke verdauen musst. Hier gibt es ja sicher viel zu sehen, was du von euch zu Hause her gar nicht so kennst!«, vermutete Onkel Arne.

»Ja, da hast du wirklich Recht!«, konnte Jackie ihm diesmal guten Gewissens zustimmen. So etwas wie vorhin hatte sie zu Hause wirklich noch nie gesehen! Onkel Arne lächelte ihr aufmunternd zu.

»Übrigens, ich muss dir nachher mal was zeigen! Ich habe nämlich seit einem Jahr ein neues Hobby! Ich habe zwei wunderbare Terrarien mit ganz goldigen kleinen Tierchen! Bis vor kurzem hatte ich sogar eine kleine Boa Constrictor, aber die wurde mir dann zu groß, und da habe ich die Schlange verkauft! Aber dafür habe ich jetzt zwei Bartagame, die sind wirklich hübsch! Du kannst sie auch gerne mal anfassen, wenn ich dabei bin ...«

»Du, Onkel Arne, mir ist nicht so besonders gut ... Ich glaube, ich mache noch einen Spaziergang«, unterbrach Jackie ihn und ging hinaus. Ihr war regelrecht schlecht. Ihre schlimmsten Befürchtungen hatten sich also bestätigt! Schlangen und Bartagame – was auch immer Letzteres sein mochte ...! Vermutlich waren das auch irgendwelche Schlangen oder Echsen!

»Ja, aber komm nicht zu spät wieder, dann können wir es uns im Wohnzimmer noch ein bisschen gemütlich machen!«, rief Onkel Arne ihr hinterher. Das Wort »Wohnzimmer« gab Jackie den Rest. Nichts wie weg!

Jackie atmete tief durch. Das war ja heute echt ein toller Start gewesen! Wenn das so weiterging, konnte das heiter werden! Während sie durch die Straßen ging, malte sie sich aus, wie ihr morgens beim Waschen Kakerlaken über die Füße liefen. Und nachts vielleicht eine Vogelspinne, die irgendwie ihrem Terrarium entkommen war! Normalerweise wäre Jackie jetzt sofort mit dem nächsten Zug nach Hause gefahren. Aber Onkel Arne war ihre einzige Chance! Sie musste ihn auf jeden Fall noch nach dem Mann auf dem Foto fragen! Aber wie sollte sie das machen? Wenn sie ihm das Foto unter die Nase hielt und ihn wegen des Mannes fragte, würde er garantiert wissen wollen, woher sie das Foto hatte und warum sie unbedingt wissen wollte, wer der Mann war! Dann musste sie alles erzählen oder sich irgendeine Ausrede ausdenken – aber welche? Das war alles nicht so das Wahre ... Trotzdem, irgendwie musste sie versuchen, die Antwort auf ihre brennende Frage aus Onkel Arne herauszulocken, ohne dass er Verdacht schöpfte! Er war schließlich ihre einzige Chance. Leider! Wenn Jackie daran dachte, dass sie die nächsten Tage quasi zwischen Schlangen, Kriechtieren, Maden und anderen Tierchen verbringen sollte, wurde ihr ganz anders. Sie seufzte. Es würde ihr wohl nichts anderes übrig bleiben. Na ja, solange die Tiere alle in ihren Terrarien und sonstigen Behältern blieben, war es ja vielleicht gar nicht so schlimm. Und wenn sie sogar ein bisschen Interesse an diesen Tieren vortäuschen würde – was sie allerdings wirklich große Überwindung kosten würde –, war Onkel Arne bestimmt auch bereit, ihr alles, was er wusste, über den Mann auf dem Foto zu erzählen; möglichst, ohne unnötige Fragen zu stellen. Vielleicht sollte sie aber damit noch bis morgen warten. Wenn sie gleich am ersten Abend mit dem Foto ankam, schöpfte er sonst wirklich noch Verdacht, dass sie nur deswegen hier war und mehr dahinter stecken musste. Sie musste das Foto irgendwann ganz beiläufig ins Spiel bringen und nur auf den richtigen Augenblick warten. Dann würde es schon klappen.

»So, Jackie, jetzt siehst du gleich meinen kleinen ›Jurassic Park‹, wie ich es nenne!«, grinste Onkel Arne und schloss die Tür eines bis dahin verschlossenen Zimmers auf. *Jurassic Park!* Na, wenn das nicht ermutigend klang ...! Insbesondere für jemanden, der geradezu panische Angst vor allen Arten von Reptilien hatte. Vorsichtshalber blieb Jackie in der Tür stehen.

»Nun komm schon näher, die sehen wirklich toll aus! Ich bin sicher, so was habt ihr zu Hause nicht, oder?«, meinte Onkel Arne und winkte Jackie heran. Zögernd kam sie ein paar Schritte näher. Nur, um sofort wieder kehrtzumachen. Die sahen ja voll eklig aus, diese Viecher! Der Name »Jurassic Park« passte schon ziemlich gut, denn die Tiere, die Onkel Arne gerade mit »Na, wo ist denn mein Heinz-Otto? Und wo ist denn mein kleines Mariechen?« anzulocken versuchte, sahen wirklich aus wie Mini-Saurier und waren Jackie ungefähr so sympathisch wie einer dieser Menschen fressenden Saurier in dem Film »Jurassic Park«.

»Du wirst doch wohl keine Angst vor Heinz-Otto und Mariechen haben, Jackie, oder?«, grinste Onkel Arne. »Die sind ganz zahm! Wollen wir sie mal füttern? Am liebsten mögen sie Grillen! Das sind richtige Leckermäuler, die beiden! In dem anderen Terrarium sind noch Hedwig und Jennifer! Zwei grüne Leguane! Denen könnten wir auch gleich was geben!«

»Ach, ich gucke lieber erst mal zu ... Füttere deine Chamäleons mal alleine! Ich will dir nicht den Spaß nehmen«, sagte Jackie und versuchte, nicht allzu angewidert zu wirken.

»Na, schau erst mal zu, dann kommst du schnell selbst auf den Geschmack«, war Onkel Arne überzeugt.

»Es sind übrigens keine Chamäleons, sondern Bartagame und Leguane!« Nun holte er aus dem Wohnzimmerschränkchen einen Behälter mit den possierlichen Tierchen, die Jackie schon am Nachmittag bewundert hatte. Jackie wich unwillkürlich ein Stück zurück und hätte am liebsten die Flucht ergriffen. In diesem Augenblick konnte sie verstehen, warum sich offenbar noch keine Frau gefunden hatte, die Onkel Arne heiraten wollte, der inzwischen hingebungsvoll die Insekten – lebendig! – an Heinz-Otto und Mariechen und anschließend andere Tierchen an Hedwig und Jennifer verfütterte.

Jackie fragte sich gerade, wie lange sie diesen Anblick wohl noch ertragen musste, als Onkel Arne meinte: »Tja, du magst wohl lieber Kaninchen und so was, hm?«

»Um ehrlich zu sein, ja!«, gab Jackie zu. »Aber deine Tiere sind auch – was ganz Besonderes! Ich muss mich nur erst mal an sie gewöhnen, glaube ich ...«

»Na ja, du *musst* sie ja nicht unbedingt mögen ... Tut mir Leid, dass ich keine Kaninchen habe. Hm ... Wollen wir es uns unten vor dem Fernseher noch etwas gemütlich machen? Heute kommt so eine schöne Sendung! Da freue ich mich schon den ganzen Tag drauf!«, wechselte Onkel Arne nun das Thema. »Wir machen es uns mit einem Tee und ein paar Keksen richtig nett. Was hältst du davon?«

»Gute Idee, dazu habe ich auch Lust!«

»Na, dann wollen wir mal!«, sagte Onkel Arne und lief in die Küche.

Jackie lag in ihrem Bett und seufzte. Das war ja echt ein aufbauender Tag gewesen: Erst dieses Insektensortiment im Wohnzimmerschrank, dann die Mini-Dinos und zur Krönung dieses so glorreichen Tages hatte sie auch noch den ganzen Abend vor dem Fernseher gesessen. Die Kekse waren steinhart gewesen – die stammten wahrscheinlich noch von Weihnachten – und die »schöne Sendung«, auf die sich Onkel Arne schon den ganzen Tag gefreut hatte, entpuppte sich als »Superfestival der Volksmusik«! Jackie hatte sich schon immer gefragt, wer sich solch einen Schwachsinn bloß reinzog – jetzt hatte sie die Antwort. Um Onkel Arne nicht noch mehr zu frustrieren (wo sie ja schon von seinen Haustieren nicht so richtig begeistert gewesen war), hatte sie die ganze Sendung bis zum Ende mitangesehen und Onkel Arne immer wieder zugestimmt, wenn er strahlend gemeint hatte: »Ist das nicht schön?« Kaum zu glauben, dass Onkel Arne erst knapp vierzig war! Es war doch nicht normal, dass man in diesem Alter schon so durch den Wind war, oder? Wahrscheinlich lag das daran, dass die einzigen weiblichen Wesen in seinem Haus lebendige Insekten fraßen und aussahen wie kleine Monster. Immerhin gab es einen kleinen Trost: Ätzender konnte es jetzt wohl kaum noch werden.

Es war schon fast elf, als Jackie am nächsten Morgen endlich aufwachte. Sie rieb sich die Augen. So lange hatte sie schon lange nicht mehr geschlafen! Dafür war sie allerdings auch erst gegen halb zwei eingeschlafen. Zu viele Gedanken waren ihr noch durch den Kopf gegangen. Vor allem die Frage, wie sie es am besten anstellen konnte, Onkel Arne nach dem Mann auf dem Foto zu fragen, ohne dass es merkwürdig wirkte. Leider war ihr da so gar nichts Sinnvolles eingefallen. Dafür hatte sie heute Nacht davon geträumt, wie Heinz-Otto und Mariechen in überdimensionalem Ausmaß auf sie zukamen und sie auffressen wollten. Als sie dann ihre Mäuler aufsperrten, kamen da Insekten ohne Köpfe herausgekrochen! Ein wirklich aufbauender Traum also ... Jackies Blick fiel auf den Kleiderschrank vor ihr. Onkel Arne hatte ja gesagt, der Schrank sei »leider schon voll«. Fragte sich nur, mit was ...! Ob da auch so eklige Insekten drin waren? Jackie schluckte. Sollte sie mal reinschauen? Wenn da wirklich solche Tierchen drin waren, konnte sie Onkel Arne immerhin bitten, diese »Leckerlis« für Heinz-Otto & Co. für die Dauer ihres Urlaubs in einen anderen Raum umzuquartieren! Das machte er bestimmt! Und dann fühlte sie sich wenigstens in diesem Zimmer einigermaßen wohl.

Jackie gab sich einen Ruck und öffnete die Schranktüren. Dann atmete sie erleichtert auf. In dem Schrank befanden sich Decken, Bettwäsche, Briefmarkenalben und Fotoalben. Auf jedem der Alben stand vorne drauf, wen oder was die Bilder im Album zeigten. Es gab Alben mit »Mallorca-Urlaub«, »Kindheitserinnerungen«, »Jugendzeit«, »Dorffest« und »Landmaschinen«. Da kam Jackie eine Idee: Vielleicht war der Typ auf ihrem »Dachboden-Foto« ja in einem der Alben zu sehen? Dann konnte sie schon mal sicher sein, dass Onkel Arne ihn kannte! Jackie griff sich die Alben mit den Titeln »Kindheitserinnerungen«, »Jugendzeit« und »Dorffest« heraus. Wenn der Mann überhaupt auf irgendeinem Foto zu sehen war, dann sicher in einem *dieser* Alben. Hastig und doch konzentriert sah Jackie sich die Alben an. Gerade hatte sie das Album »Jugendzeit« in den Händen. Plötzlich stockte sie. Da! Das war er! Ganz sicher! Er hatte auf dem Foto zwar noch keine Brille, aber er war es mit fast hundertprozentiger Sicherheit! Jackie atmete auf. Sie war nicht umsonst hierher gekommen! Auf diesem Foto sah man den Mann inmitten einiger Jugendlicher stehen, mit denen er sich offenbar unterhielt. Sekundenlang starrte Jackie das Bild an. Der Mann machte wirklich einen sympathischen Eindruck. Vielleicht waren in dem Album noch mehr Bilder von ihm? Jackie blätterte weiter. Und tatsächlich fand sie noch weitere Fotos, auf denen der Mann mit Jugendlichen zu sehen war. Hier und da stand eine Jahreszahl daneben. Oder so etwas wie »Sommerfest«. Auf einem Bild stand der Mann vor einem alten, etwas verbeulten Käfer. Jackie grinste. Doch dann las sie, was Onkel Arne – oder wer auch immer – neben das Bild geschrieben hatte. Jackie erstarrte. Sollte Mama etwa ...?

4 | EIN NEUES INDIZ?

Jackie merkte, wie ihr Herz zu rasen begann. Immer wieder las sie die Worte neben dem Foto.

»Jorine? Äh ... Jackie?«, hörte sie es plötzlich im Flur. Sie schreckte hoch. Blitzschnell stellte sie die Fotoalben zurück in den Schrank und ging dann in den Flur.

»Ja, hier bin ich! Morgen, Onkel Arne!«, rief sie.

»*Morgen* ist gut! Ist gleich Mittag! ... Also, ich wollte nur sagen, dass ich noch mal weg muss. Ich bin auch heute Mittag nicht da. Ich habe dir die Nummer von einem Pizzaservice, die Speiseliste und Geld auf den Küchentisch gelegt, bestell dir einfach was Schönes, ja? Soll ich dir irgendetwas mitbringen?«, fragte Onkel Arne.

»Nee, danke, ich habe alles, was ich brauche! Und danke fürs Essen! Echt nett von dir!«, antwortete Jackie.

»Ist doch klar! Ich kann dich ja nicht verhungern lassen! Gut, also dann bis später. Ach ja, noch was: Wenn du rausgehst, nimm doch bitte einen Hausschlüssel mit. Ich lege einen auf den Küchentisch. Den kannst du für diese Woche behalten«, erklärte Onkel Arne.

»Ja, ist gut. Danke!«, sagte Jackie, dann ging Onkel Arne hinaus. Jackie seufzte. Sollte sie die Alben noch einmal anschauen? Ach, vielleicht war es besser, den Schock erst mal ein bisschen zu verdauen. Außerdem hatte sie schon ziemlichen Hunger. Das Frühstück würde sie ausfallen lassen und am besten gleich etwas vom Pizzaservice bestellen.

Das Essen war lecker gewesen. Auf jeden Fall besser

als Omas Grünkohl neulich! Jackie schlenderte die Straße des kleinen Dörfchens entlang und überlegte, was sie jetzt Schönes machen könnte. Am liebsten hätte sie Onkel Arne wegen des Fotos in dem Album gefragt, aber Onkel Arne war offenbar den ganzen Nachmittag weg. Tja, da konnte man nichts machen als abzuwarten.

Das schien hier wirklich die absolute Provinz zu sein. Nicht mal ein Geschäft hatten die hier! Auch von einer Apotheke oder einem Postamt war nichts zu sehen. Nur Bauernhöfe und kleine Einfamilienhäuser. Ansonsten Wiesen, Felder, Bäume. Einerseits ja ganz idyllisch, aber auf die Dauer musste das doch ziemlich öde sein! Aber eigentlich interessierte sie ihre Umgebung im Moment herzlich wenig. Wieder holte sie das Foto heraus, das sie immer bei sich trug.

»Papa ...«, murmelte sie. Es war komisch, diesen Mann anzuschauen und dabei »Papa« zu sagen. Aber die Worte in dem Album hatten noch einmal einen großen Teil ihrer Zweifel weggefegt. Jackie versuchte sich vorzustellen, wie der Mann jetzt wohl aussah. Ob er schon graue Haare hatte?

Sie lehnte sich an einen Baum und sah in die Ferne. Dann wieder auf das Bild. Heute Abend würde sie Onkel Arne fragen, wer dieser Mann war und wo man ihn vielleicht finden konnte. Natürlich nicht so direkt, sonst schöpfte er ja sofort Verdacht. Sie musste das Ganze irgendwie geschickt einfädeln, sodass ihre Fragen nach diesem Typen ganz beiläufig klangen und niemand eine besondere Absicht dahinter vermuten würde. Aber wie sollte sie das machen?

Da fiel ihr was ein! Ja, genau, so würde sie es anstellen! Und wenn sie dann erfuhr, wo sie ihren »echten

Vater« finden konnte, würde sie sich gleich morgen auf die Suche machen.

»Na, hast du dich heute schon etwas hier umgesehen? Nicht so viel los wie bei euch, was?«, begrüßte Onkel Arne seine Nichte, als sie zur Küche hereinkam. Inzwischen war es schon fast Zeit fürs Abendessen.

»Na ja, aber dafür ist die Luft hier frischer und die Landschaft schöner. Hier kann man echt stundenlang durch Felder wandern! Das war richtig toll heute! Ich habe sogar ein paar Rehe gesehen!«, entgegnete Jackie fröhlich und setzte sich an den alten Küchentisch.

»Ich habe nichts Besonderes zu essen hier ... keinen Kaviar oder was ihr sonst so esst ... nur Wurst und Käse und Brot. Und zu trinken gibt es Mineralwasser, Milch oder Kirschsaft!«, meinte Onkel Arne etwas verlegen, während er den Tisch deckte.

»Ist doch O.K., ehrlich! Wir essen zu Hause auch nichts anderes, höchstens bei irgendwelchen Festen. So tierisch reich sind wir doch gar nicht!«, beschwichtigte Jackie. Onkel Arne kam ihr langsam vor wie ein wandelndes Entschuldigungsschreiben. Er schien sich im Vergleich zu seinem Schwager offenbar wie ein kleiner, armer Versager vorzukommen. Demnach hatte Papa ihn wohl ziemlich herablassend behandelt. Und dabei gab sich Onkel Arne doch echt Mühe! Er war vielleicht nicht gerade eine Schönheit mit seiner Halbglatze und seiner dicken Knollennase, und er sah ansonsten auch wie ein »richtiger Bauer« aus, stämmig und von der harten Arbeit geprägt – aber er war richtig nett. Irgendwie war das fies von Papa, dass er immer so tat, als sei Onkel Arne nicht so ganz für voll zu nehmen.

»Du musst dir echt keine Sorgen machen, dass ich mich hier nicht wohl fühlen könnte oder so! Ich finde es klasse hier!«, versuchte Jackie Onkel Arne seelisch aufzubauen.

»Das freut mich!« Er lächelte auch prompt, und Jackie lächelte zurück.

»Ich habe heute mal in den Schrank bei mir im Zimmer geschaut, weil ich befürchtet habe, dass du da auch noch Futter für deine ... also, für diese Tiere aufhebst«, erzählte Jackie, während sie sich ein Brot schmierte. »Und da habe ich gesehen, dass da einige Fotoalben drin sind. Kann ich mir die mal anschauen?«

»Die Fotoalben? Ja, natürlich. Aber da ist nicht viel Interessantes für dich drin. Du wirst kaum jemanden auf den Fotos kennen«, meinte Onkel Arne.

»Wir könnten sie uns ja *zusammen* anschauen und du erklärst mir, wer das auf den Fotos ist! Da war zum Beispiel ein Album, auf dem stand ›Jugendzeit‹, da ist doch bestimmt auch Mama drin, so mit fünfzehn oder so, was?«

»Hm ... kann sein. Wir können ja nachher mal einen Blick reinwerfen, wenn du willst!«, meinte Onkel Arne und Jackie nickte. Ha, Punkt 1 ihres Plans hatte schon mal geklappt! Und wenn sie dann nachher ein bestimmtes Bild anschauten, konnte sie in Ruhe fragen, wer der Typ auf dem Bild war. Und dann ...

»Willst du morgen mit aufs Feld? Ein bisschen Traktor fahren macht dir bestimmt Spaß«, unterbrach Onkel Arne ihre Gedanken.

»Ähm ... mal sehen«, sagte Jackie. Eigentlich hatte sie morgen schon etwas anderes vor ...

»Ich dachte nur, dass du so etwas in der Stadt ja nicht machen kannst, und die meisten Jugendlichen fahren sehr gerne mal auf so einem Traktor«, meinte Onkel Arne.

»Ja, würde ich auch gerne, aber morgen wollte ich ... mir mal ein bisschen die Gegend anschauen ...«, erwiderte Jackie.

»Klar, mach einfach, was dir Spaß macht«, lächelte Onkel Arne. Dann erzählte er alle möglichen Geschichten über ausgerissene Bullen, wilde Kälber und goldige Ferkel. Onkel Arnes Mimik und seine gestenreichen Beschreibungen untermalten seine Erzählungen so humorvoll, dass Jackie einen Lachanfall nach dem anderen bekam. Der Typ war einfach zu witzig! Und richtig nett! O.K., er hatte vielleicht ein paar Macken, wenn man mal an Hedwig, Heinz-Otto und die restliche Sauriertruppe oder an diese komische Volksmusiksendung dachte, aber irgendeinen Spleen hatte doch jeder, oder? Warum Papa wohl immer so verächtlich über ihn herzog? Je länger Jackie darüber nachdachte, desto gemeiner fand sie es. Papa benahm sich manchmal wirklich voll daneben! Total arrogant! Ein Glück, dass *sie* nicht so war! Sie war überhaupt ganz anders als ihr Vater – was doch wieder dafür sprach, dass er nicht ihr leiblicher Vater war, oder?

»Magst du noch was? Sonst räume ich jetzt ab«, störte Onkel Arne schließlich ihre Überlegungen.

»Nee, danke, ich bin pappsatt!«, sagte Jackie und lehnte sich zurück. »Können wir jetzt die Fotoalben anschauen?«

»Na, du hast es ja eilig! Eigentlich wollte ich erst noch abwaschen, aber das kann ich auch später machen!«, meinte Onkel Arne. Jackie sah ihn verdutzt an. Onkel Arne hatte offenbar nicht einmal eine Spülmaschine! Und eine Frau hatte er ja auch nicht. Armer Kerl!

Ein paar Minuten später saßen die beiden in Jackies Zimmer und sahen sich das Album mit der Aufschrift »Jugendzeit« an. Zu jedem Bild wusste Onkel Arne eine Geschichte zu erzählen. Jackie fand die Geschichten zwar sehr interessant und lustig, aber sie wollte endlich zu dem Bild kommen, das wahrscheinlich ihren leiblichen Vater zeigte. Und dieses Bild war ziemlich weit hinten! So versuchte sie, Onkel Arnes Geschichten immer relativ schnell mit Sätzen wie »Na ja, den kenne ich sowieso nicht, lass uns mal weiterschauen!« abzuwürgen.

»Ich langweile dich mit meinen Geschichten, was?«, fragte Onkel Arne schließlich.

»Nee ... aber ... ich meine, ich kenne die Leute ja nicht, und dann ist das nicht so interessant. Ist nichts gegen dich persönlich!«, erklärte Jackie.

»Aha«, sagte Onkel Arne nur und hüllte sich von da ab mehr oder weniger in Schweigen. Jackie ging die nächsten Bilder ziemlich schnell durch, bis sie zu jenem speziellen Bild kam, das sie besonders interessierte. Das Bild, neben dem die Worte standen: »Jori und sein Traumwagen!« Wieder stach ihr der Name Jori sofort in die Augen. *Jori* hieß der Mann! Deshalb hatte Mama sie also *Jorine* genannt! Jedenfalls war Jackie sich ziemlich sicher, dass Mama ihr diesen Namen gegeben hatte, weil sie genau wusste, dass der eigentliche Vater ihrer Tochter dieser Jori war, den sie wahrscheinlich auch nicht vergessen konnte oder wollte. Vielleicht hatte sie ihn sogar bei Jackies Geburt immer noch geliebt? Warum sonst sollte Mama sie Jorine genannt haben? Das musste einfach mit diesem Jori zusammenhängen.

»Dieser Jori da auf dem Bild – wer ist das?«, fragte Jackie nun und gab sich alle Mühe, sich ihre Aufregung nicht anmerken zu lassen.

»Jori? Ach, der war mal der Leiter unserer Jugendgruppe«, erklärte Onkel Arne und wollte weiterblättern. Doch Jackie hielt ihn davon ab.

»Was für eine Jugendgruppe?«, fragte sie.

»Deine Mutter und ich sind früher in eine Jugendgruppe im Nachbardorf gegangen. Das war so eine Gruppe von einer christlichen Gemeinde. Da haben wir Lieder gesungen, diskutiert, Ausflüge gemacht usw., was man da halt so macht ...«, meinte Onkel Arne.

»Mama war in einer christlichen Jugendgruppe? Ist ja heiß! Hätte ich ihr gar nicht zugetraut!«, sagte Jackie erstaunt. Mama hatte doch sonst nichts mit Kirche am Hut, und Papa *hasste* sogar den »ganzen religiösen Quatsch«, wie er es nannte.

»Ja, sie hat sogar bei diesem Jugendkreis später in der Leitung mitgearbeitet. Sie war da richtig engagiert!«, erklärte Onkel Arne lächelnd.

»Ist ja krass! Und dieser Jori, war der nett?«, fragte Jackie nun möglichst beiläufig, um wieder auf ihr Thema zurückzukommen, doch sie spürte, wie ihr das Blut vor Aufregung in den Kopf schoss.

»Ob der nett war?« Onkel Arne war offensichtlich etwas verwundert über diese Frage. Vielleicht wusste er gar nicht, dass Mama eine Beziehung mit diesem Mann hatte ...

»Ja, eigentlich war der Jori schon ganz in Ordnung. Feiner Kerl!«, sagte Onkel Arne nun.

»Mochte Mama den auch gerne?«, tastete sich Jackie nun weiter vor.

»Och ... den mochten eigentlich alle!«, gab Onkel Arne zurück, der sich immer mehr über Jackies starkes Interesse für diesen Mann zu wundern schien.

»Wohnt der immer noch im Nachbardorf?«, fragte Jackie nun.

»Keine Ahnung ... Ich habe ihn schon ewig nicht mehr gesehen ... Warum interessierst du dich denn so für ihn?«

Jackie zögerte. Was sollte sie jetzt machen? Sollte sie Onkel Arne von dem Foto und dem Brief auf dem Dachboden erzählen? Aber was würde er dazu sagen?

»Also«, begann sie und atmete noch einmal tief durch, »Onkel Arne, kannst du ein Geheimnis für dich behalten?«

»Ich? Natürlich!« Onkel Arne sah sie fragend und etwas erstaunt an.

»Tja ... Also, das darfst du aber echt niemandem erzählen!«

»Großes Ehrenwort!«, versprach Onkel Arne.

»Also ... ich war neulich auf unserem Dachboden und da ... da habe ich ...« Jackie stockte. Vielleicht sollte sie den Liebesbrief doch nicht erwähnen. Mama würde ihr das vielleicht nie verzeihen, wenn sie Onkel Arne – ausgerechnet ihm! – etwas von dieser Affäre erzählte. »Also, da habe ich ein Foto gefunden, wo dieser Mann drauf war. Und der sah so nett aus ... und deshalb will ich jetzt gerne wissen, wer das ist!«, sagte sie schließlich.

»Das ist dein großes Geheimnis?«

Jackie nickte. Onkel Arne sah sie an, als würde er sich fragen, ob seine Nichte nur hypersensibel war oder ob sie ihn veräppeln wollte.

»Na ja ... Also, wenn du dich so brennend für Jori interessierst: Er heißt Jori Janssen und ist so Ende vierzig, glaube ich. Noch was?«

»Ähm ... Wie ist der denn so ... menschlich, meine ich«, hakte Jackie nach.

»Das weiß ich nicht so genau, ich habe seit Jahren nichts mehr mit ihm zu tun. Aber er war früher immer sehr nett«, meinte Onkel Arne. »Bist du etwa zu mir gekommen, um etwas über Jori herauszufinden?«

»Ähm ... Na ja, um ehrlich zu sein, schon ...«, gestand Jackie. »Aber ich finde es auch toll, dich mal wiederzusehen!«, fügte sie schnell noch hinzu.

»Das beruhigt mich ja ... Und du bist wirklich nur wegen dieses Fotos hier?«, fragte Onkel Arne noch einmal nach und sah sie ungläubig an.

Jackie zögerte kurz, dann nickte sie. »Ich finde, der sieht einfach supernett aus! Und da ich sowieso zu Hause nur Langeweile habe, dachte ich, ich könnte ja mal herausfinden, wer das ist!«, erklärte sie.

»Du bist mir ja eine ...! Dass du dich für so alte Männer interessierst ...! Der könnte ja locker dein Vater sein!«, lachte Onkel Arne.

Jackie schluckte. Wenn Onkel Arne wüsste, wie Recht er hatte! Aber eins war ihr spätestens jetzt klar: Onkel Arne schien keine Ahnung von Mamas Affäre damals zu haben! Er schien ihr tatsächlich zu glauben, dass sie diesen Mann aus purer Langeweile kennen lernen wollte. Na ja, vielleicht sollte man ihn in diesem Glauben lassen ...

»Tja ... Hast du vielleicht eine Idee, wie ich ihn näher kennen lernen könnte, ohne dass ich fürchterlich aufdringlich wirke?«, fragte Jackie nun.

»Hm ... Tja ... Nein, da kann ich dir auch nicht helfen ... Da musst du dir schon selbst was einfallen lassen!«, meinte Onkel Arne und stützte den Kopf auf die Hände.

»Schade ... Aber du hast mir schon sehr geholfen!«

»Gern geschehen«, grinste Onkel Arne, der es offensichtlich immer noch hoch amüsant fand, dass seine

Nichte extra nach Kövern gekommen war, um irgendeinen wildfremden Mann kennen zu lernen, der auf einem Foto nett aussah.

Obwohl es schon nach elf Uhr abends war, spielte Jackie noch ein Kartenspiel auf ihrem Notebook. Doch sie war so gar nicht bei der Sache. Kein Wunder. In ihrem Kopf wirbelten Tausende von Gedanken, Eindrücken und Fragen durcheinander. Inzwischen war sie sich so gut wie sicher, dass Jori Janssen ihr leiblicher Vater war. Am liebsten hätte sie sofort die Adresse herausgesucht und den Mann besucht. Aber was sollte sie da sagen? »Sorry, aber Sie hatten doch mal was mit meiner Mutter laufen, oder? Also, ich bin vielleicht Ihre Tochter!«, war wohl nicht so ganz das Wahre. Außerdem wollte sie Jori ja erst einmal kennen lernen, bevor sie ihm von dem Brief erzählte. Falls er ein totaler Stinkstiefel war, würde sie ihm natürlich nichts von dem Brief sagen, sondern alles so belassen, wie es war.

Jackie wünschte sich, sie könnte mit jemandem über die ganze Sache reden, aber mit wem? Aus der Verwandtschaft kam niemand infrage und auch mit ihren Schulfreunden wollte sie ihre Vermutungen lieber noch nicht teilen. Solange sie nicht hundertprozentig sicher sein konnte oder Beweise hatte, wollte sie mit niemandem darüber reden. Vielleicht war ja doch alles ein großer Irrtum ...

Ein Klopfen an der Tür unterbrach ihre Gedanken.

»Ja?«, rief sie.

Onkel Arne trat ein und grinste, als habe er vor, irgendetwas auszuhecken.

»Na, bist du noch wach?«, fragte er.

»Ja, wie du siehst. Ich spiele noch ein bisschen. Mache ich jeden Abend. Dumme Angewohnheit von mir«, erklärte Jackie.

»Also, mir ist da noch etwas eingefallen ...«, sagte Onkel Arne zögernd. »Mir kam eben eine Idee, wie du vielleicht Jori kennen lernen könntest, und zwar schon morgen, wenn du willst!«

5 | DER JUGENDKREIS

Jackie sah auf die Leuchtziffern ihrer Armbanduhr. Gleich halb vier. Sie war todmüde, aber an Schlafen war nicht zu denken. Dazu war sie viel zu aufgeregt. Heute Nachmittag würde sie ihn sehen, diesen Mann, der höchstwahrscheinlich ihr Vater war. In Jackie herrschte ein einziges Gefühlschaos aus Unsicherheit, Angst, Neugier, Vorfreude und Zweifel – und einer unglaublichen Wut auf Mama. Jetzt, wo sie sich so gut wie sicher war, dass Jori ihr »echter« Vater war, bohrte sich eine Frage immer tiefer in ihr Denken: Warum hatte Mama ihr das all die Jahre verschwiegen? Und wahrscheinlich wusste ja nicht einmal Papa davon! Bestimmt hatte sie auch ihn belogen! Er hätte sie ganz sicher nie geheiratet, wenn er gewusst hätte, dass sie von einem anderen Mann schwanger war. Vermutlich hatte Mama deshalb die ganzen Jahre geschwiegen. Um ihre schöne, heile Welt nicht zu zerstören und ihren Mann nicht zu verlieren. Trotzdem, sie hätte es Jackie sagen müssen! Das war einfach nicht in Ordnung! Und ihr Schweigen würde ihr auch nichts mehr nützen! Jackie würde alles ans Licht bringen! Das war sie schon Papa schuldig! Der wurde schließlich seit fast siebzehn Jahren belogen! Wie Papa wohl reagieren würde, wenn er erfuhr, dass seine Tochter gar nicht von ihm war? Ob er sich dann scheiden lassen würde? – Bestimmt ... Hm ... Vielleicht sollte man doch lieber nicht alles aufklären und die Sache für sich behalten? Na ja, das konnte sie sich ja noch überlegen. Aber auf jeden

Fall würde sie morgen diesen Jori treffen! Sie würde sich erst einmal ganz unauffällig benehmen und sich nichts anmerken lassen. Bevor sie Jori eventuell verriet, dass sie wohl seine Tochter war, wollte sie ihn erst einmal kennen lernen. Sie würde sich einfach unter die anderen Jugendlichen mischen, sodass er keinen Verdacht schöpfen konnte. Wie das wohl war in einem Jugendkreis? Jackie war noch nie in so einer Gruppe gewesen, schon gar nicht in der Kirche. Mama und Papa wollten von Kirche und Gott ja nichts wissen. Besonders Papa. Jackie war weder getauft noch konfirmiert, und selbst zu Weihnachten gingen sie nie in die Kirche. Morgen würde es für sie also sozusagen eine Premiere werden. Onkel Arne hatte gesagt, dass man in diesem Jugendkreis wohl Lieder sang, Spiele machte und über die Bibel sprach. Mit der Bibel kannte sich Jackie überhaupt nicht aus. Alles, was sie wusste, war, dass da irgendwas von Gott drin stand. Und von Jesus. Aber was, davon hatte sie nicht den Hauch einer Ahnung. Onkel Arne hatte ihr versichert, dass das egal sei und Jori sie deshalb sicher nicht hinauswerfen würde. Aber ein bisschen mulmig war Jackie schon zumute. Hoffentlich blamierte sie sich nicht bis auf die Knochen! Aber da musste sie durch – eine bessere Chance bekam sie bestimmt nicht, Jori, der den Jugendkreis der christlichen Gemeinde im Nachbardorf Waching leitete, mal näher kennen zu lernen.

»Also dann viel Spaß!«, wünschte Onkel Arne seiner Nichte, als sie aus seinem Auto stieg. »Ich hole dich dann um sechs wieder ab!«

»Ja, danke!«, sagte Jackie. Dann ging sie zögernd auf das Gemeindehaus zu. Sah gar nicht aus wie eine Kirche.

Hatte jedenfalls keinen Glockenturm.

»Hallo!«, begrüßte sie da eine junge Frau fröhlich. Sie war vielleicht so um die zwanzig. »Willst du auch zum Jugendkreis?«

»Äh ... ja ...«, antwortete Jackie unsicher.

»Na, dann komm mit rein! Ich bin übrigens Anke. Und du?«, fragte die Frau, während sie mit Jackie das Gemeindehaus betrat.

»Ich? Jackie ... Na ja, eigentlich heiße ich Jorine Jackesch, aber ich finde den Namen blöd, und deshalb nennen mich alle nur Jackie.«

»Gut! Dann also herzlich willkommen, Jackie!«

Die beiden betraten einen Raum, in dem schon etwa fünfzehn Teenager miteinander redeten, Tischtennis spielten oder in einer Ecke zusammen Lieder sangen. Ein Mann, so um die 35, stellte gerade einen Stuhlkreis. Anke deutete auf ihn und erklärte: »Da drüben ist Felix. Wir beide leiten den Kreis.«

»Aha ...«, sagte Jackie und sah sich um. Ob Jori auch schon da war? Entdecken konnte sie ihn nirgends. Ob sie einfach mal nach ihm fragen sollte? – Ach nee, das war zu auffällig und plump. Jetzt kam Felix auf die beiden zu.

»Hallo, dich kenne ich noch gar nicht! Ich bin Felix!«, begrüßte der junge Mann Jackie freundlich und lächelte ihr aufmunternd zu. Er war ihr sofort sympathisch. »Und wer bist du?«, fragte Felix nun.

»Ich ... äh ... Jackie«, stammelte Jackie.

»Prima!«, meinte Felix. »Ich hoffe, es gefällt dir hier!«

»Am besten setzen wir uns schon mal in den Stuhlkreis, wir wollen jetzt sowieso anfangen«, meinte Anke nun und nahm Jackie gleich mit, während Felix die anderen zusammenrief. Als alle Platz genommen hatten, holte

Felix eine Gitarre und meinte: »Wie ihr seht, haben wir heute ein neues Gesicht unter uns. Tja, Jackie, vielleicht stellst du dich einfach mal selbst vor, wenn du magst.«

»Also ... Ich heiße Jorine Jackesch und komme aus Hamburg. Aber nennt mich lieber Jackie ... Noch was?«, fragte Jackie etwas unsicher.

»Wie du magst. Bist du denn nur zu Besuch hier?«, fragte Anke.

»Ja ... Äh ... Arne Sörensen ist mein Onkel. Da mache ich ein paar Tage Urlaub«, erklärte Jackie.

»Toll, dass du bei uns reinschaust!«, meinte Felix und lächelte Jackie zu. »Übrigens, Leute, ich soll euch noch von Hauke grüßen, der macht mit seinen Eltern Urlaub in Spanien und hat mir eine nette Karte geschrieben! Tja, ist sonst noch was?«

»Ja, Maike ist krank, von der soll ich auch grüßen!«, meldete sich ein Mädchen und bekam von den anderen die Antwort: »Grüß mal zurück!«

»So, nun wollen wir anfangen. Schlagt ein Lied vor!«, meinte Felix schließlich.

Nun schlug jemand ein englisches Lied vor und kurz darauf begannen alle aus Liederbüchern, die einer ausgeteilt hatte, zu singen. Klang gar nicht übel das Lied! Überhaupt machten hier alle einen sehr netten, fröhlichen und lockeren Eindruck. Überhaupt nicht so verklemmt, altmodisch und miefig, wie Papa die Kirche immer beschrieb!

Jackie sah immer wieder zur Tür in der Hoffnung, dass Jori doch noch kam. Hatte Onkel Arne sie etwa nur angeschmiert, um sie vielleicht mal einen Nachmittag loszuwerden? Nee, das traute sie ihm eigentlich nicht zu. So fies war der bestimmt nicht! Aber von Jori war weit und breit keine Spur. Vielleicht war er krank, sodass er heute ausnahmsweise nicht kommen konnte. Aber hätte Felix das dann nicht irgendwie erwähnt? Schließlich hatte er ja auch Grüße von diesem Hauke bestellt! Merkwürdig ...

Nach einigen Liedern, von denen Jackie kein einziges kannte, legte Felix seine Gitarre beiseite. Dann stand er auf und ging zu Anke hinüber, die gerade in einem Liederbuch blätterte. »Hey, Anke, hast du das auch schon gehört? Die Sache mit diesen Schwerkranken, die wie durch ein Wunder gesund geworden sind?«, sprach er sie dann an.

»Was? Welche Schwerkranken? Erzähl mal!«, erwiderte Anke.

»Also, da war so eine Gruppe Männer und die waren alle sterbenskrank! Denen machte kein Arzt mehr Hoffnung. Die hatten so eine richtig eklige und dazu noch hoch ansteckende Krankheit. Eigentlich konnten die sich gar nicht so besonders leiden, vor allem den einen nicht, der war Ausländer. Aber in der Not haben die sich dann zusammengetan«, erzählte Felix, der sich neben Anke gesetzt hatte.

»Hm ... Not schweißt ja bekanntlich zusammen. Und was ist jetzt mit diesen Kranken passiert?«, fragte Anke.

»Pass auf, das ist echt der Hammer! In ihrer Verzweiflung wandten sich die Männer an Jesus und flehten ihn an, sich um sie zu kümmern! Und stell dir vor, alle sind gesund geworden!«, sagte Felix.

Jackie fragte sich, warum Felix Anke jetzt mitten in dieser Runde irgendetwas von schwer kranken Menschen erzählte, die gesund geworden waren. Das war ja sicher ganz toll für diese Männer, aber was sollte das? Merkwürdig! Offenbar schienen die anderen das gar nicht seltsam zu finden, denn alle hörten gespannt zu. Gerade so, als würde Felix nicht nur mit Anke reden, sondern mit allen. Hm ... Vielleicht war das hier auf dem Land so üblich, dass man zu jeder Zeit irgendwelchen Leuten was erzählte und dass man die Privatgespräche anderer belauschte. Die hatten ja echt ulkige Sitten hier!

»Die sind echt alle gesund geworden? So richtig gesund, obwohl sie vorher sterbenskrank waren? Etwa auch noch ohne Operation?«, fragte Anke nun verblüfft.

»Genau! Und alle an einem Tag! Ist das nicht irre?«, entgegnete Felix.

»Aber echt! Voll krass!«, stimmte ihm Anke zu.

»Aber die Story ist noch nicht zu Ende. Der eigentliche Hammer ist, dass sich nur ein Einziger dieser Männer bei Jesus bedankt hat, und zwar der Ausländer! Alle anderen hielten das nicht für nötig!«

Anke sah ihn ungläubig an. »Wie – Jesus hat die alle vor dem Tod gerettet und die kommen nicht mal auf die Idee, sich zu bedanken? Das ist ja kaum zu glauben! Wie kann man nur so undankbar sein?! Da bewahrt einen Jesus vor dem Schlimmsten und schenkt einem quasi ein ganz neues Leben, und man bedankt sich nicht einmal dafür! Finde ich echt unmöglich!«, entrüstete sie sich.

»Hm ... Finde ich auch. Sag mal, Anke, hast *du* dich eigentlich heute schon bei Jesus bedankt?«, fragte Felix nun.

»Ich? Wofür denn?«, fragte Anke erstaunt zurück.

»Na ja, zum Beispiel dafür, dass du heute Morgen gesund und ohne Schmerzen aufgewacht bist und etwas zum Frühstück essen konntest. Das konnten Millionen von Menschen nicht. Du musstest auch keine Angst haben, dass dein Haus heute zerbombt wird oder dass du gefangen genommen wirst, weil du Christ bist. Und du konntest die Zeitung lesen – auch das können Millionen Menschen nicht, weil sie gar nicht lesen können oder eine Zeitung für sie unerschwinglich teuer wäre. Ich finde, du hast auch eine Menge Grund zum Danken!«, meinte Felix nun.

»Hm ... Tja, eigentlich hast du Recht«, meinte Anke.

Nun wandte sich Felix an alle: »Was ich da eben von den todkranken Männern erzählt habe, ist wirklich passiert. Die Männer litten unter Aussatz – heute nennt man das Lepra –, und das war so ansteckend, dass niemand diesen Leuten zu nahe kommen durfte. Jesus machte tatsächlich alle zehn gesund, aber nur einer kam zurück, um sich dafür zu bedanken. Als ich das in meiner Bibel las, dachte ich erst: ›Mann, sind die undankbar!‹ So, wie Anke das eben auch gesagt hat. Aber dann fiel mir auf, wie oft Jesus *mich* beschenkt und wie wenig ich ihm dafür danke. Und deshalb will ich jetzt mit euch überlegen, wofür wir Jesus danken können und wie wir ihm vielleicht auch zeigen können, dass wir ihm dankbar sind!«

Während nun alle überlegten, wofür sie Jesus dankbar waren, dachte Jackie wieder an Jori. Sie kam sich sowieso etwas fremd vor bei dieser Diskussion. Sie glaubte ja nicht an diesen Jesus und deshalb sah sie auch keinen Grund, ihm für irgendetwas dankbar zu sein. Merkwürdig eigentlich, dass die anderen alle an diesen Jesus zu glauben schienen. Auch die Art, wie Felix von Jesus erzählt hatte, kam Jackie äußerst befremdlich vor. Sie hatte noch nie gehört, dass jemand Jesus dafür dankte, dass er zum Beispiel bei einer nächtlichen Autofahrt bei Glatteis keinen Unfall gebaut hatte. Was konnte dieser Jesus denn dafür? Das lag doch wohl eher daran, dass man einfach vorsichtig fuhr! Oder warum sollte man Jesus für seine Arbeitsstelle danken oder dafür, dass man gesund war? Jackie konnte das alles nicht so ganz nachvollziehen. Doch Felix schien felsenfest davon überzeugt zu sein, dass all das Geschenke von Gott waren. Oder von Jesus. Wie auch immer. Seltsamer Typ, wirklich! Aber irgendwie mochte Jackie ihn.

Nach einer ganzen Weile waren Felix und die anderen fertig mit dem, was sie zu diesem Thema zu sagen hatten. Felix fügte noch ein paar abschließende Worte an.

»Das Tolle ist, dass Jesus uns immer noch liebt, obwohl wir alle solch vergessliche, undankbare Leute sind! Er steht trotzdem noch zu uns und liebt uns. Aber er wartet auch darauf, dass wir zu ihm kommen und ihm einfach mal danke sagen für all das, was er für uns getan hat.«

Felix sagte das mit solch einer Liebe in der Stimme, dass man keinen Zweifel mehr daran haben konnte, dass er ein ziemlich großer Fan von Jesus sein musste. Hm ... Schon seltsam. Die Pastoren, die Jackie hin und wieder im Fernsehen gesehen hatte, wenn sie am Sonntag zwischen den einzelnen Fernsehkanälen hin und her zappte, machten immer so einen steifen Eindruck. Und was die erzählten, klang meistens so wie ein auswendig gelerntes Gedicht oder ein vorgelesenes Märchen. Aber bei Felix hörte sich das so ganz anders an. Man konnte ihm abspüren, dass er glaubte, was er da sagte.

Inzwischen sangen die anderen wieder ein Lied. Jackie bemühte sich, mitzusingen, und halbwegs bekam sie es schließlich auch hin.

Nach dem Lied wurde noch ein witziges Gruppenspiel gemacht. Es ging darum, pantomimisch einen Begriff darzustellen, den die anderen dann erraten mussten. Manches war wirklich lustig. Ob Jori solche Spiele sonst auch mitmachte? Er musste ja ein ziemlich cooler Typ sein, wenn er genau solche Sachen machte und erzählte wie Felix ...

Schließlich war auch das Spiel vorbei und alle sangen noch mal ein Lied. Dann war der Jugendkreis wohl offiziell zu Ende. Einige gingen nach Hause, andere blieben noch, um Tischtennis oder Darts zu spielen. Jackie sah auf die Uhr. Onkel Arne würde erst in etwa zwanzig Minuten hier auftauchen. Sie hatte also noch etwas Zeit. Alle anderen waren in Gespräche oder in Spiele vertieft. Anke war gleich nach dem letzten Lied gegangen, weil sie wohl noch einen Termin hatte. Felix spielte gerade mit einem Jungen eine Partie Tischtennis, aber gleich würden sie damit fertig sein. Das war doch *die* Chance, Felix anzusprechen, ihn nach Jori zu fragen und etwas über ihn herauszubekommen! Vielleicht war es gar nicht so schlecht, dass Jori heute nicht da war. So konnte sie »hinten herum« schon mal ein paar Infos über ihn bekommen und sich sozusagen seelisch besser auf ihre erste Begegnung vorbereiten. Jackie spürte, wie sie immer aufgeregter wurde. Ihre Hände waren schweißnass und ihre Knie weich wie Butter. Sie setzte sich in eine Ecke und wartete, bis Felix mit dem Tischtennis fertig war. Je näher das Ende der Partie rückte, desto nervöser wurde Jackie. Sollte sie ihn wirklich ansprechen? Oder wirkte das dann irgendwie merkwürdig?

6 | DIE ÜBERRASCHUNG

»Na, wartest du auf deinen Onkel?«, sprach Felix sie nach seiner Tischtennis-Partie an, noch bevor sie etwas gesagt hatte.

»Ja, genau. Der kommt aber erst um sechs«, erklärte Jackie.

»Wie hat es dir denn heute gefallen? Ist alles noch ziemlich fremd für dich, was?«, fragte Felix nun.

»Hm, ja ... Ich war noch nie in so einer Gruppe ... Ähm ... Übrigens ... Mein Onkel meinte, hier würde auch ein Jori mitarbeiten. Kennst du den?«, fragte Jackie und versuchte, nicht allzu neugierig zu wirken.

»Du meinst Jori Janssen?«, hakte Felix nach.

»Ja, genau den!«, erwiderte Jackie erleichtert. Felix kannte ihn also! Onkel Arne hatte demnach doch keinen dummen Scherz gemacht.

»Tja ... Das ist 'ne ganz traurige Geschichte. Jori hatte eine sehr nette Frau. Die beiden waren erst ein gutes halbes Jahr verheiratet, da starb sie bei einem Unfall. Seine Frau war zu diesem Zeitpunkt auch noch schwanger, und die beiden hatten sich so auf das Kind gefreut! Und dann war plötzlich alles aus. Das hat Jori nicht verkraftet. Er kam nicht mehr zur Gemeinde und wollte nichts mehr mit Gott zu tun haben. Er ist so verbittert! Hab' ihn neulich mal gesehen. Er hat so getan, als würde er mich nicht bemerken und ist schnell weitergegangen. Ist echt traurig, das Ganze«, erklärte Felix.

»Oh Mann, ist ja heftig!« Jackie sah ihn betroffen an.

»Der muss seine Frau ziemlich geliebt haben, was?«

Felix nickte. »Helma war sein Ein und Alles. Jori war ja nicht mehr der Jüngste, als er sie kennen lernte. Schon Mitte vierzig. Er hat mir mal erzählt, dass er die Hoffnung schon aufgegeben hatte, überhaupt noch mal eine Frau zu finden. Und dann kam Helma. Die beiden passten so super zusammen, wir haben uns alle so mitgefreut! Sie waren wie füreinander geschaffen! Ich kann mich noch gut an die Hochzeit erinnern. Und als Jori dann noch erfuhr, dass er Vater wird, war er völlig aus dem Häuschen. Gar nicht mehr wiederzuerkennen! Er hat schon alles genau geplant, was er mit seinem Sohn einmal machen wollte! Wir haben uns alle so mit ihm gefreut! Und genauso entsetzt waren wir dann alle, als wir die Sache mit dem Unfall hörten. Jori tat uns so Leid! Aber er wollte sich nicht helfen lassen. Er konnte wohl einfach nicht begreifen, warum ihm Gott das große Glück, das er endlich mit seiner Helma gefunden hatte, so schnell wieder wegnahm ... Tja, seitdem will er mit Gott nichts mehr zu tun haben – und mit den Leuten aus der Gemeinde auch nicht ... Aber sag mal, woher kennst *du* Jori denn?«

Jackie zögerte. Sollte sie Felix von dem Foto erzählen, das sie auf dem Dachboden gefunden hatte ...? Ach nee, lieber nicht. Das ging den ja eigentlich wirklich nichts an. Und bevor Jackie sich nicht absolut sicher sein konnte, dass Jori wirklich ihr Vater war, wollte sie das Foto lieber nicht erwähnen.

»Ach, Onkel Arne hat mir von ihm erzählt. Meine Mutter ging mal bei ihm in den Jugendkreis. Er soll ganz nett gewesen sein«, erklärte Jackie deshalb.

»Ja, er war wirklich nett! Und total beliebt! Die Teenies hier hingen an ihm wie die Kletten! Deshalb waren auch alle so entsetzt, dass Jori sich so verändert hat. Jetzt will er mit keinem von uns etwas zu tun haben. Wenn man ihn besuchen will, lässt er einen nicht rein! Völlig verstockt und verhärtet ist er jetzt! So was habe ich noch nie erlebt ... Na ja, da kann man nichts machen!«, sagte Felix traurig.

In diesem Moment hupte es draußen. Jackie fuhr zusammen. Oh, schon so spät! Dann musste das Onkel Arne sein!

»Ich muss jetzt los! Danke, dass du mir das mit Jori erzählt hast! Tschüss!«, verabschiedete sich Jackie und lief hinaus.

»Na, hast du ihn gesehen, deinen Jori?«, fragte Onkel Arne grinsend.

»Nee, er macht da nicht mehr mit!«, antwortete Jackie und sah aus dem Autofenster.

»Nicht? Ach, das wusste ich gar nicht ... Tja, dann bist du ja ganz umsonst dort gewesen! Das tut mir Leid!«, entschuldigte sich Onkel Arne.

»Ist schon O.K., ich habe immerhin einiges über ihn gehört. Er hat geheiratet und dann ist kurz darauf seine Frau bei einem Unfall gestorben. Und jetzt ist er total verbittert und lässt keinen mehr an sich ran, hat Felix gesagt«, erzählte Jackie.

»Das klingt ja hart! Das tut mir Leid für ihn, er war früher ja wirklich ein prima Kerl ... Na, nun hast du bestimmt keine Lust mehr, ihn kennen zu lernen, was? Wenn er so verbittert und verschlossen ist ...?«

»Ich weiß nicht ... Vielleicht ... Vielleicht kann man ihm irgendwie helfen! Auf jeden Fall will ich ihn mal sehen!«, entschied Jackie.

»Na, du bist ja hartnäckig! Aber das hast du von deiner Mutter! Die war auch so! Die hat auch immer alles durchgezogen, was sie angefangen hat! Du bist ihr überhaupt sehr ähnlich! Von deinem Vater hast du irgendwie so gar nichts geerbt«, meinte Onkel Arne nun, ohne auch nur zu ahnen, was er mit diesen Worten bei Jackie auslöste. Für Jackie war das wieder eine neue Bestätigung: Selbst Onkel Arne war also schon aufgefallen, dass ihr Vater wohl kaum ihr Vater sein konnte!

»Bin ich ... Ich meine, wie ist Jori denn so gewesen? So ähnlich wie ich?«, fragte sie.

»Wie du? Hm ... Nee, ich glaube nicht ... Vielleicht ... Ach, das weiß ich nicht mehr so genau«, meinte Onkel Arne etwas verwundert.

»Na ja ... Ich will ihn erst mal kennen lernen und dann sehen wir weiter«, wich Jackie aus.

»Na, dann viel Spaß«, grinste Onkel Arne und steuerte das Auto auf seinen Hof.

Jackie saß an ihrem Laptop und sah aus dem Fenster. Die genaue Adresse von Jori Janssen hatte sie schnell herausgefunden. Er wohnte jetzt im zehn Kilometer entfernten Dorf Bletau. Nun war nur noch die Frage, wie sie ihn näher kennen lernen konnte. Sie atmete tief durch. Unter welchem Vorwand konnte man denn einen wildfremden Menschen am besten besuchen? Am einfachsten wäre es natürlich, ihm einfach das Foto und den Brief unter die Nase zu halten und ihn direkt darauf anzusprechen. Dann würde er garantiert irgendetwas sagen und alles genauer wissen wollen – falls er sich nach all den Jahren noch an Mama erinnerte. Aber er hatte ja in seinem Brief geschrieben, dass er nie aufhören würde, Mama zu lieben, und dass er darauf warten wollte, dass sie zu ihm zurückkam. O.K., vermutlich hatte er sich das inzwischen anders überlegt, sonst hätte er doch damals nicht diese Helma geheiratet ... Trotzdem, vergessen hatte er Mama bestimmt noch nicht. Aber wenn sie ihm gleich mit dem Brief kam, würde Jori vielleicht sauer werden, dass sie so alte Geschichten wieder aufwärmen wollte. Vielleicht würde er sie sogar wegjagen. Außerdem wollte sie Jori auch erst mal ganz unbefangen kennen lernen, ohne dass er auch nur etwas ahnte. Und dann würde sie ihr Gefühl entscheiden lassen, wann es Zeit war, ihn mit dem Brief zu konfrontieren. Sie musste es also anders anstellen. Nur wie? Jackie seufzte. So viel sie auch nachdachte, ihr fiel einfach nichts Gutes ein. Etwas frustriert ging sie ins Internet und surfte ein bisschen herum. Da fiel ihr Blick auf eine Fleurop-Werbung. »Lassen Sie Blumen sprechen!«, hieß es da. Plötzlich kam ihr ein Gedanke! Ja, genau! Das wars doch! Warum war sie nicht gleich darauf gekommen? Gut gelaunt stellte sie den Computer aus und lief zu Onkel Arne in den Kuhstall.

Dieser war gerade am Melken. Die Melkmaschine war so laut, dass er Jackie kaum verstehen konnte, als sie von weitem rief: »Onkel Arne, hast du ein Fahrrad?«

Aber immerhin sah Onkel Arne auf und gab ihr ein Zeichen, dass sie näher kommen sollte. Vorsichtig ging Jackie an den Kühen vorbei. So dicht vor ihr waren ihr diese Viecher irgendwie nicht ganz geheuer. Die waren so groß! Ob die einen beißen konnten?

»Na, willst du mir beim Melken helfen?«, fragte Onkel Arne grinsend.

»Na ja, nicht wirklich. Aber hast du ein Fahrrad?«, stellte Jackie eine Gegenfrage.

»Ein Fahrrad? Ja, natürlich. Steht im kleinen Schuppen. Wieso?«, fragte Onkel Arne etwas verwundert.

»Kann ich mir das morgen vielleicht mal ausleihen?«, meinte Jackie nun.

»Ja, klar. Was hast du denn vor? Willst du etwa zu Jori?«, fragte Onkel Arne mit einem viel sagenden Gesicht.

»Genau! Aber du darfst auf keinen Fall Mama was davon sagen, falls die anrufen sollte!«, bat Jackie.

»Keine Sorge, die ruft mich nicht an! Aber bis zu Jori nach Bletau sind es gut zehn Kilometer! Schaffst du das überhaupt mit dem Rad?«, meinte Onkel Arne nun. Offenbar hielt er alle Städter für enorm unsportlich.

»Logo! Was meinst du denn, wozu ich zweimal pro Woche ins Fitnessstudio gehe?«, entgegnete Jackie.

»Dann hättest du ja heute auch mit dem Fahrrad zum Jugendkreis fahren können!«, wandte Onkel Arne ein.

»Stimmt, jetzt, wo du es sagst …! Also, dann danke fürs Fahrrad! Bis später!« Mit diesen Worten lief sie hinaus und ließ einen kopfschüttelnden Onkel zurück.

Jackie trat kräftig in die Pedale. Onkel Arnes Fahrrad stammte vermutlich noch aus dem zweiten Weltkrieg. Oder aus dem ersten, so schwer, wie das zu fahren war. Wahrscheinlich hatte er es von seinem Urgroßvater geerbt! Nur gut, dass sie so durchtrainiert war! Trotz des katastrophalen Fahrrads machte ihr das Fahren aber durchaus Spaß. Wann sonst hatte sie schon die Gelegenheit, kilometerlang durch Wiesen und Felder zu fahren? Das war richtig klasse hier in der »Provinz«! Zumindest mal für ein paar Tage. Auf die Dauer würde ihr das »pralle Leben« in der Stadt schon fehlen.

Von weitem sah sie das Ortsschild von Bletau. Jetzt musste sie nur noch die Straße mit dem ulkigen Namen »Ochsenschwanz-Weg« finden. Na ja, bei so einem kleinen Dorf sollte das ja nicht allzu schwer sein. Doch zuerst wollte sie in der Gärtnerei des Ortes noch einen wunderschönen Blumenstrauß kaufen. Jori würde Augen machen …!

Jackie stellte das Fahrrad neben die Tür des Geschäftes und ging hinein.

»Guten Morgen, ich hätte gerne einen richtig schönen Blumenstrauß, so für dreißig Euro!«, sprach Jackie den Verkäufer an. Zum Glück hatte Mama ihr einiges an Geld mitgegeben, sodass sie die dreißig Euro locker entbehren konnte.

»*Dreißig* Euro? Deine Mutter hat wohl Geburtstag, was?«, grinste der Verkäufer und begann einen Strauß zusammenzustellen. Fast hätte Jackie gesagt: »Nee, ist wahrscheinlich für meinen Vater«, aber dann verkniff sie es sich doch. Stattdessen sah sie sich kleine Kärtchen an, die man beschriften und den Blumen beilegen konnte. Sie nahm eins aus dem Ständer und schrieb darauf: »Mit Liebe für Jori Janssen!«

»Hier, stecken Sie die Karte bitte dazwischen!«, bat sie den Verkäufer nun.

»Ja, mach ich gerne!«, erwiderte dieser und nahm das Kärtchen entgegen. »Jori Janssen? Die Blumen sind für *Jori Janssen*?«, fragte er dann völlig verblüfft.

»Ja. Was ist so schlimm daran?«, fragte Jackie zurück.

»Nichts, gar nichts … Ich wundere mich nur etwas, weil er … Na ja, egal. Also, das macht dann dreißig Euro!«, wechselte der Verkäufer schnell das Thema.

Jackie nahm das Geld aus ihrem Portmonee und gab

es dem Verkäufer. »Was ist denn mit Jori?«, hakte sie nach.

»Nichts ... Er bekommt bloß nicht sehr oft Besuch ... Ich bin sein Nachbar, deshalb weiß ich das. Jori ist sehr verschlossen. Im wahrsten Sinn des Wortes! Manchmal lässt er den ganzen Tag die Rolläden an seinen Fenstern unten! Und er lässt keinen rein. Wenn man bei ihm klingelt, macht er oft nicht einmal auf. Er ist offenbar völlig verbittert. Ich habe ihn noch nie so richtig herzhaft lachen gehört oder so ... Ein richtiger Muffel! Woher kennst du ihn eigentlich? Ich habe dich hier im Dorf noch nie gesehen!«, meinte der Verkäufer nun.

»Ach, ich mache hier Ferien ... Ich muss jetzt los, tschüss!«, sagte Jackie schnell und ging mit den Blumen hinaus. Erst als sie weiterfuhr, fiel ihr ein, dass sie den Verkäufer ja nach dem Weg hätte fragen können. Na ja, egal. Sie würde das Haus auch so finden. Während sie durch die Straßen fuhr, kamen ihr plötzlich Zweifel, ob sie Jori überhaupt noch kennen lernen *wollte*. Wenn das wirklich so ein »verbitterter Muffel« war, wie der Verkäufer sich ausgedrückt hatte ... Auf so einen Vater konnte man doch gut verzichten, oder? Jackie hielt an und blieb eine Weile unschlüssig stehen. Sie atmete tief durch. Vielleicht war es das Sinnvollste, einfach wieder nach Hause zu fahren und die ganze Sache zu vergessen. Vielleicht war dieser Jori ja auch gar nicht ihr Vater und sie hatte sich das alles nur zurechtgesponnen. In diesem Fall würde sie sich doch nur hochgradig lächerlich machen, oder? Jackie seufzte. Hätte sie doch bloß nicht diesen blöden Liebesbrief gelesen, dann würde sie jetzt nicht mit einem großen Blumenstrauß hilflos in der Gegend herumstehen. Aber nun war sie hier – und sollte sie dann nicht auch weitermachen? Sollte sie nicht wenigstens Gewissheit darüber kriegen, ob Jori ihr Vater war oder nicht? Sonst würde sie diese Frage doch sowieso bis in alle Ewigkeit quälen, oder? Entschlossen setzte sich Jackie wieder aufs Fahrrad und fuhr weiter.

Zehn Minuten später hatte sie das Haus gefunden. Eine alte Dame hatte ihr freundlicherweise den Weg genau erklärt. Und auch diese Frau schien sich sehr gewundert zu haben, dass jemand zu Jori Janssen wollte. Offenbar war Joris Zurückgezogenheit hier weit und breit bekannt. Jackie wurde immer mulmiger zumute. Jetzt war sie nur noch ein paar Meter von seinem Haus entfernt. Die Rollläden der Fenster waren oben. Immerhin. Jackie stellte ihr Fahrrad ab, lief mit den Blumen zu Joris Haus und klingelte. Ihr Herz raste und ihre Hände waren schweißnass vor Aufregung. Wie würde Jori reagieren?

7 | ERSTE BEGEGNUNG

Die Sekunden vergingen. Sie kamen Jackie wie eine Ewigkeit vor. Sollte sie vielleicht doch lieber wieder nach Hause fahren? Nee, jetzt war sie schon mal hier, sie würde nun auch keinen Rückzieher mehr machen. Entschlossen klingelte sie noch einmal. Wieder kam keine Reaktion. Ob er vielleicht gar nicht zu Hause war? Vielleicht war er ja einkaufen ...? Noch einmal drückte sie auf den Klingelknopf. Sie wartete. Ihre innere Anspannung war kaum noch zu ertragen. Wenn der Typ nicht gleich kam, würde sie explodieren. Gerade wollte Jackie sich zum Gehen wenden, da hörte sie von drinnen Schritte. Er war also doch da!

Die Tür öffnete sich und vor ihr stand ein alt aussehender, hagerer, grauhaariger Mann mit einem Vollbart. Jackie war im ersten Moment richtig geschockt. Wenn sie nicht gewusst hätte, dass Jori erst um die fünfzig war, hätte sie ihn locker auf fünfundsechzig geschätzt. Oder älter. Der Mann sah ja echt fertig aus! Jackie hätte ihn fast nicht erkannt.

»Ja?«, fragte er nur.

»Ich ... Die soll ich bei Ihnen abgeben!«, stammelte Jackie nach der ersten Schrecksekunde und hielt ihm den Blumenstrauß entgegen.

»Bei mir? Das muss ein Irrtum sein!«, brummte Jori und wollte die Tür wieder schließen. Doch Jackie stellte schnell einen Fuß zwischen Tür und Rahmen.

»Sie sind doch Herr Jori Janssen, oder?«, fragte sie.

»Ja ...«, kam es verwundert und unsicher zurück und Jori öffnete die Tür wieder etwas weiter.

»Na also! Auf der Karte steht: Mit Liebe für Jori Janssen!«, sagte Jackie.

Jori nahm den Strauß entgegen und las das Kärtchen. »Von wem sind die denn?«, fragte er dann verdutzt.

»Darf ich nicht verraten!«, behauptete Jackie.

»Dann will ich sie auch nicht! Nimm sie wieder mit!«, sagte Jori und hielt Jackie den Blumenstrauß hin.

»Nein ... Die habe ich doch ... Ich meine ... Die sind doch für Sie! Freuen Sie sich doch darüber!«, wehrte Jackie ab und kam sich irgendwie hilflos vor.

»Warum?«, fragte Jori nur.

»Weil ... Na ja ... Also, wenn Ihnen jemand so schöne Blumen schenkt, dann muss er sie doch sehr gern haben!«, ließ Jackie nicht locker. Ein kurzes Lächeln huschte über Joris Gesicht. Dann war er wieder ernst.

»Du kannst sie behalten!«, sagte er.

»Nein, die sind für *Sie* und nicht für mich!«, erwiderte Jackie.

»Also gut, dann behalte ich sie ... Also, dann danke!« Wieder wollte Jori die Tür schließen und wieder ließ ihn Jackie nicht.

»Was denn noch?«, knurrte Jori.

»Ähm ... Könnte ich vielleicht mal bei Ihnen aufs Klo gehen? Ich muss total dringend!«, behauptete Jackie. Das stimmte zwar nicht, aber wo sie nun schon mal hier war, wollte sie doch zu gerne einen Blick in Joris Haus werfen. Die Art, wie jemand sein Haus eingerichtet hatte, verriet ja viel über einen Menschen!

Jori seufzte. »Also gut, wenn es sein muss!« Dann ließ er Jackie rein. »Letzte Tür links!«

»Danke! Echt nett von Ihnen!«, sagte Jackie und verschwand im Badezimmer. Als sie die Tür hinter sich geschlossen hatte, setzte sie sich auf den heruntergeklappten Klodeckel und atmete tief durch. So schlimm hatte sie sich Jori nicht vorgestellt! Vor allem sein Aussehen nicht. Der Unfall seiner Frau schien aus ihm wirklich ein Wrack gemacht zu haben. Er musste seine Frau unglaublich geliebt haben! Irgendwie tat er Jackie unheimlich Leid. Sie nahm sich fest vor, ihm zu helfen. Falls er wirklich ihr Vater war, war sie doch schon moralisch dazu verpflichtet, oder? Sie sah sich um. Das Bad war nett eingerichtet und sehr sauber.

»Alles in Ordnung bei dir?«, hörte sie Jori von draußen. Offenbar stand er vor der Tür.

»Ja, klar!«, rief Jackie schnell, drückte die Spültaste und öffnete die Tür. Blitzschnell überlegte sie, unter welchem Vorwand sie noch hier bleiben konnte. Da fiel ihr etwas ein.

»Puh, ist ganz schön heiß heute! Sie haben nicht zufällig was zu trinken für mich?«, fragte Jackie.

Jori sah sie erstaunt an. »Was zu trinken? Tja ... Viel habe ich nicht da. Eigentlich nur Milch. Magst du die?«

Jackie *hasste* Milch, aber dieses Opfer musste sie jetzt auf sich nehmen. »Klar, gerne! Hauptsache kalt und nass!«, meinte sie deshalb.

»Dann komm mit in die Küche!«, sagte Jori nun schon etwas freundlicher. Jackie folgte ihm in eine kleine, gemütlich wirkende Küche.

»Sie haben es aber nett hier!«, bemerkte Jackie und setzte sich auf die Küchenbank.

»Sag mal, wer bist du eigentlich und was willst du von mir?«, fragte Jori, während er ihr ein Glas Milch einschenkte. Sein skeptischer Blick ließ vermuten, dass ihm dieses fremde Mädchen nicht so ganz geheuer war. Jackie zögerte. Sollte sie vielleicht gleich sagen, was sie hierher geführt hatte und wer sie war? – Ach nee, lieber nicht. Erst wollte sie Jori noch ein bisschen näher kennen lernen.

»Ich heiße Jackie ...« Sie versuchte, sich ihre Aufregung nicht anmerken zu lassen. Als wollte sie sich daran festhalten, umklammerte sie das Milchglas und begann die Milch zu trinken. Brrr! Widerlich! Aber tapfer zwang sie sich zu einem Lächeln. »Ich mache hier Ferien!«, meinte sie dann.

»Bei mir?«, fragte Jori.

»Nee, bei meinem Onkel!«, gab Jackie lachend zurück.

»Und wer hat dir nun die Blumen gegeben?«, hakte Jori noch einmal nach.

»Darf ich doch nicht sagen!«

»Es war jemand aus der Gemeinde in Waching, oder?«, vermutete Jori.

»Nee, glasklares Nein!«, entgegnete Jackie.

»Wer denn dann? Sag schon!«, forderte Jori. »Ich verpetze dich schon nicht!«

»Nee, ich kann das wirklich nicht sagen ... Vielleicht später mal!«, meinte Jackie und grinste.

»*Später mal?* Was meinst du damit? Machst du dich über mich lustig?« Jori sah sie misstrauisch an.

»Nein, absolut nicht! Ehrlich! – Wohnen Sie hier ganz allein?«, wechselte Jackie jetzt das Thema.

»Ja, warum?«

»Nur so ...« Jackie überlegte fieberhaft, wie sie Jori in ein Gespräch verwickeln konnte, aber leider fiel ihr so gar nichts Sinnvolles ein. So sah sie sich schweigend um.

»Musst du nicht langsam wieder nach Hause?«, fragte Jori schließlich.

»Och, ich habe Zeit!«, gab Jackie zurück.

»Aber du hast nicht vor, hier bei mir den Rest deiner Ferien zu verbringen, oder?« Offenbar wollte Jori sie so langsam loswerden, was man ihm nicht wirklich verübeln konnte – schließlich kannte er sie ja nicht. Jackie war sich durchaus bewusst, dass ihr Benehmen relativ aufdringlich wirken musste, aber sie wollte sich diese einmalige Chance einfach nicht entgehen lassen, mehr über diesen Mann zu erfahren, der vielleicht ihr Vater war. Außerdem mochte sie ihn irgendwie. Sie hatte das sichere Gefühl, dass er in Wirklichkeit längst nicht so abweisend war, wie er sich momentan gab.

»Kennen Sie vielleicht irgendwelche Sehenswürdigkeiten oder so, die man sich hier in der Gegend anschauen könnte?«, überging sie seine Frage.

»Sehenswürdigkeiten? Hm, da wirst du hier wohl kaum etwas finden. Wo kommst du eigentlich her?«, fragte Jori zurück.

»Aus Hamburg«, antwortete Jackie.

»Hamburg! Also, dagegen ist Bletau ein Witz! Da können wir in punkto Sehenswürdigkeiten wohl kaum mithalten«, sagte Jori, der sich nun zu ihr an den Tisch setzte.

»Na ja, aber dafür ist die Landschaft hier toll!«, meinte Jackie.

»Bist du mit deinen Eltern hier?«, fragte Jori nun. So langsam schien er Interesse an ihr zu bekommen. Prima!

»Nee, ganz allein. Bei meinem Onkel Arne!«, gab Jackie Auskunft. »Aber das ist schon O.K. Ich steh nicht so auf Urlaub mit Eltern!«

Jori lächelte kurz. »Ja, das kenne ich. Eltern können schrecklich nervig sein, stimmts? Ich bin auch nicht gerne mit meinen Eltern verreist, als ich in deinem Alter war. Da haben wir immer Urlaub an der Nordsee gemacht!«, erzählte Jori. Der wurde ja richtig gesprächig! Wow!

»Nordsee finde ich cool! Ich mag das Meer und den Strand! Aber meine Eltern würde ich auch nicht dabei haben wollen! Papa würde ständig hinter seinem Notebook abhängen oder telefonieren und Mama würde wahrscheinlich dauernd jammern, weil sie nicht so 'ne tolle Bikini-Figur hat wie die anderen. Nee, darauf könnte ich echt verzichten«, sagte Jackie und Jori grinste.

»Das kann ich verstehen ... Was machst du denn jetzt hier so den ganzen Tag? Ist das nicht ziemlich langweilig, in so einem kleinen Kuhdorf wie Bletau? Ich meine, im Vergleich zu Hamburg ist hier ja nicht gerade viel los«, meinte Jori nun.

»Na ja ... Gestern war ich im Jugendkreis in Waching. War ganz interessant!« Jackie sah Jori an. Wie er wohl reagierte, wenn sie die Gemeinde erwähnte?

»Hm ... Und sonst? Was machst du sonst so?«, wechselte Jori das Thema. Anscheinend wollte er nicht über die Gemeinde reden.

»Och ... Eigentlich nicht viel ... Ich bin auch erst seit vorgestern hier«, erklärte Jackie.

»Und wie kommt es, dass du mir Blumen bringen sollst? Sind die von deinem ... deinem Onkel ... wie hieß er noch?«

»Arne! Nee, die sind nicht von Onkel Arne!«

»Sondern?«

»Ich verrate es echt nicht, und wenn Sie mich noch tausend Mal fragen!«, grinste Jackie.

»Aber du musst zugeben, dass mir das seltsam vorkommen muss, wenn hier völig unerwartet ein wildfremdes Mädchen auftaucht und mir einen wunderschönen Blumenstrauß im Namen eines geheimnisvollen Unbekannten schenkt, oder?« Jori sah sie an.

»Ja, ich weiß ... Irgendwann erkläre ich Ihnen das mal! Ehrlich!«, versprach Jackie.

»Ich verstehe nicht, was das Ganze soll! Ich fühle mich ehrlich gesagt etwas veralbert. Aber für einen dummen Scherz wirkt der Blumenstrauß eigentlich zu teuer! Aber vielleicht täuscht das auch ...« Jori besah sich den Strauß genauer. »Vielleicht ist der auch ganz billig, ich habe davon ja keine Ahnung ... Wahrscheinlich nur ein paar zusammengesteckte Gartenblümchen!«

»Nee, der Strauß hat mich dreißig Euro gekostet!«, rutschte es Jackie da heraus. Mist! Jetzt hatte sie sich verraten. Jori grinste.

»Also, *du* hast den gekauft! Aber warum? Du kennst mich doch gar nicht, oder? Was willst du bloß von mir? Oder hat dich jemand aus der Gemeinde in Waching damit beauftragt?«, fragte Jori nun ruhig.

»Nee, die in Waching haben überhaupt nichts damit zu tun! Wirklich!«, versicherte Jackie.

»Aber was soll das Ganze dann? Kennen wir uns von irgendwoher?« Jori schien das alles immer rätselhafter zu finden.

»Nein, nicht wirklich ... Aber ich wollte Sie halt gerne kennen lernen ... und da habe ich gedacht, wenn ich Ihnen Blumen schenke, dann ... dann kommen wir vielleicht ins Gespräch ... Na ja, hat ja irgendwie auch geklappt!«, meinte Jackie.

»Warum willst du mich denn kennen lernen?« Jori sah sie fragend an und schien nur noch Bahnhof zu verstehen. »Das kann ich noch nicht sagen ... Ich ... Ich gehe jetzt vielleicht besser auch wieder!«, sagte Jackie etwas zerknirscht. So langsam wurde es eng ...

»Sag mir wenigstens, was du von mir willst! Du bezweckst doch irgendwas, oder?«, fragte Jori skeptisch.

»Ich ... Ich will Sie einfach nur kennen lernen ... sonst nichts! Ehrlich!«, behauptete Jackie.

Jori schüttelte lächelnd den Kopf. »So ein seltsames Mädchen wie du ist mir noch nie begegnet!«, meinte er dann.

»Ich weiß, das ist jetzt vielleicht eine total bescheuerte Frage, aber ... kann ich Sie mal zum Eisessen einladen? Sozusagen als Dankeschön für die Milch? Ich habe in den Gelben Seiten gesehen, dass es in Gandau eine Eisdiele gibt!«, wagte Jackie sich nun vor und staunte selbst über ihre Dreistigkeit.

Jori sah sie ungläubig an: »Du willst mich zum Eisessen einladen?«

»Genau. Wie wäre es mit heute Nachmittag?«

»Tja ... Also, von mir aus ... Machst du das immer so, dass du wildfremden Männern Blumen schenkst und sie zum Eisessen einlädst?«, fragte Jori und schien sich noch völlig überrumpelt zu fühlen.

»Nee, ist das erste Mal! Aber Sie sind ja auch was Besonderes! Also, dann treffen wir uns heute Nachmittag um drei in der Eisdiele in Gandau, O.K.?«, versicherte sich Jackie noch einmal.

»Ja ... Gut ...«, lächelte Jori. »So was wie du ist mir wirklich noch nie passiert!«

»Also, bis dann! Und danke für die Milch!«, verabschiedete sich Jackie und ging hinaus.

»Ja, und danke für die schönen Blumen!«, rief Jori noch hinterher.

»Na, wie war dein Ausflug zu Jori? Hast du ihn gesehen?«, fragte Onkel Arne neugierig, als Jackie auf den Hof fuhr.

»Ja, wir haben uns ganz nett unterhalten. Und heute Nachmittag gehen wir Eis essen! Cool, was?«, erzählte Jackie nicht ohne Stolz. Schließlich war es schon ziemlich genial gewesen, wie sie zu diesem Mann, der doch offenbar sonst keinen an sich heranließ, Kontakt geknüpft hatte.

»Ihr geht Eis essen? Du und Jori? Das ist ja 'n Ding!«, wunderte sich Onkel Arne. »Ich dachte, er ist so verbittert und ... verschlossen?«

»Nee, der ist eigentlich echt nett!«, erwiderte Jackie.

»Du scheinst ja mit dem alten Mann schon richtig Freundschaft geschlossen zu haben, was?«

»Na ja, *so* alt ist er nun auch wieder nicht! Gerade mal ein paar Jahre älter als du!«, erwiderte Jackie und dachte: »Aussehen tut er allerdings, als ob er dein Vater sein könnte ...«

»Aber im Vergleich zu dir ist er schon ein bisschen alt, findest du nicht? Ich finde es ja nett, dass er mit dir in die Eisdiele geht, aber ... du solltest dir ... vielleicht doch lieber Freunde in deinem Alter suchen. Ich meine, mit denen kannst du dich sicher auch besser unterhalten ...«, warf Onkel Arne ein.

»Das glaube ich nicht! Ich wette, mit Jori kann man prima reden! Und kein Wort zu meinen Eltern! Du hast es mir versprochen!«, sagte Jackie energisch.

»Jaja, schon gut ... Ich sage nichts«, bestätigte Onkel Arne sein Versprechen.

»Ich will den Mann ja auch nur näher kennen lernen, der scheint nämlich ganz nett zu sein. So als Kumpel, verstehst du?«, erklärte Jackie.

»Ja, klar ... Ich habe doch auch gar nichts dagegen ... Ich meinte ja auch nur so ...«, erwiderte Onkel Arne.

»Dein Fahrrad ist übrigens echt 'ne Katastrophe! Das ist bestimmt schon älter als du, oder?«, bemerkte Jackie nun.

Onkel Arne grinste. »Ja, stimmt, aber du hast auch das falsche genommen. Das hier ist noch von deiner Oma und ich hebe es nur zur Erinnerung auf. Meines stand auf der anderen Seite des Schuppens: ein Mountainbike! Aber der alte Drahtesel hat sich sicher gefreut, dass er endlich mal wieder etwas Auslauf hatte!«

»Sehr witzig!«, sagte Jackie und stellte das Fahrrad in den Schuppen. Diese kleine Panne konnte ihre gute Laune auch nicht verderben. Sie war wahnsinnig aufgeregt. In Gedanken durchlief sie zum x-ten Mal den Vormittag und das Gespräch mit Jori. Jedes Wort von ihm und jede seiner Gesten versuchte sie zu analysieren. Sie hatte immer mehr das Gefühl, dass dieser Jori eigentlich ein richtig feiner Kerl war, einer, mit dem man Pferde stehlen konnte!

Wie wohl der Nachmittag werden würde?

Pünktlich um drei saß Jackie in der Eisdiele. Das heißt, sie war schon ein paar Minuten vorher dort, weil sie es zu Hause vor Aufregung nicht mehr ausgehalten hatte. Das war alles so irre spannend! Eines hatte sie sich fest vorgenommen: Sie musste Jori dazu bringen, etwas aufzuschreiben! Dann konnte sie die Schrift mit der in ihrem Brief vergleichen und sich endlich sicher sein, ob dieser Brief wirklich von Jori stammte oder nicht. Immer wieder sah sie ungeduldig zur Uhr. Zwischendurch blätterte sie nervös in der Speisekarte.

»Hast du dich schon entschieden?«, sprach die Bedienung sie nun an.

»Was? Äh ... nee«, schreckte sie auf. »Ähm ... ich warte noch auf jemanden!«

»Gut, dann bis später!«, lächelte die Bedienung und wandte sich anderen Gästen zu.

Wieder sah Jackie zur Uhr. Schon zehn nach drei. Wo blieb Jori nur?

8 | UNERWARTET

Unschlüssig, was sie tun sollte, sah Jackie immer wieder zum Eingang. Gerade wollte sie aufstehen und gehen, da öffnete sich die Tür und Jori erschien. Er sah sich um und kam dann auf Jackie zu.

»Es war also kein Scherz«, stellte er fest.

»Was meinen Sie?«, fragte Jackie irritiert.

»Deine Einladung. Ich war mir nicht sicher, ob du mich nicht doch nur zum Narren halten willst. Erst wollte ich gar nicht kommen. Ich konnte mir einfach nicht erklären, was so ein hübsches, junges Mädchen wie du von so einem alten Mann wie mir will!«, meinte er. Jackie spürte, wie sie rot wurde. Jori fand sie also hübsch! Das war doch schon mal ein guter Anfang einer vielleicht richtig coolen Vater-Tochter-Beziehung! »Aber dann war ich doch zu neugierig, was das Ganze mit dem Blumenstrauß sollte, deshalb bin ich doch gekommen«, fügte Jori hinzu. Jackie grinste. Aha, neugierig war er also auch! Wieder eine Gemeinsamkeit!

»Ich hoffe doch, du klärst mich jetzt langsam mal auf, was das alles zu bedeuten hat!«, meinte Jori.

»Haben Sie sich schon entschieden?«, unterbrach die Bedienung von vorhin das Gespräch. Dabei sah sie Jori so erstaunt an, als hätte er grüne Punkte im Gesicht. Warum bloß?

»Ich nehme einen Erdbeerbecher«, gab Jackie ihre Bestellung auf.

»Tja ... und ich? – Ach, ich nehme dasselbe! Ich mag

auch gerne Erdbeeren!«, schloss Jori sich an. Jackie spürte, wie sie immer aufgeregter wurde. Schon wieder etwas, das sie gemeinsam hatten! Das konnte doch kein Zufall mehr sein, oder?

Als die Bedienung wieder weg war, kam Jori zum Thema zurück. »Also, warum willst du mich kennen lernen?«

»Na ja ...«, druckste Jackie herum. Sollte sie ihm vielleicht jetzt reinen Wein einschenken und alles erzählen? – Ach nee, lieber nicht ... Er kannte sie ja gar nicht, und vielleicht würde er dann sofort rausgehen, weil er nichts mit ihr zu tun haben wollte. Dann hätte sie sich alles vermasselt. Er musste sie erst einmal kennen lernen, ihre ganzen Vorzüge, ihre überaus nette Art und überhaupt – dann hätte er ja vielleicht gar nichts mehr dagegen, ihr Vater zu sein. Vielleicht würde er sich sogar freuen ...

»Also, Onkel Arne hat mir von Ihnen erzählt und auch Felix vom Jugendkreis in Waching. Die haben mir gesagt, dass Sie total nett sind und so ... Und da dachte ich mir, ich könnte Sie ja mal kennen lernen!«, behauptete Jackie und spürte, wie ihr Gesicht augenblicklich knallrot wurde. Mist! Warum konnte sie bloß so schlecht lügen? Sie sah Jori genau an, dass er ihr kein Wort glaubte.

»So so, ich soll also so nett sein ...«, grinste Jori. »Aber warum hat Felix dir überhaupt von mir erzählt? Ich nehme doch mal stark an, dass das Thema der Jugendkreisstunde nicht ›Jori Janssen‹ hieß, oder?«

»Ich ... Na ja ... Wir haben uns so unterhalten ... und ... na ja ... dann sind wir von einem Thema ins andere gekommen und so ... Und dann hat er mir von Ihnen erzählt!«, meinte Jackie und wusste doch, dass sie nicht wirklich überzeugend wirkte. Zum Glück brachte in diesem Moment die Bedienung die Eisbecher.

»Hmmm, das sieht ja lecker aus!«, wechselte Jackie schnell das Thema und probierte ihr Eis. »Und das schmeckt auch so gut! Viel besser als bei uns zu Hause!«

»Ja, tut richtig gut bei der Hitze«, stimmte Jori ihr zu. »Tja ... und was hast du jetzt mit mir vor?«

»Nichts ... einfach nur ein bisschen reden!«, meinte Jackie.

»Hm ... Ich fürchte, ich bin nicht unbedingt so ein wahnsinnig aufheiternder Gesprächspartner«, lächelte Jori. Er hatte ein sehr nettes Lächeln.

»Sie sollten öfter lächeln, das steht Ihnen gut!«, grinste Jackie.

»Oh, danke! Na ja, es gab bei mir in den letzten Jahren wohl nicht allzu viel Grund zum Lächeln ...«, meinte er dann. »Übrigens, du kannst mich ruhig duzen, ich bin einfach Jori! Ich finde dieses Siezen eigentlich schrecklich albern!«

»Danke, ist echt nett von Ihnen ... äh ... dir!«, strahlte Jackie. Jori schien sie offenbar zu mögen, sonst hätte er ihr bestimmt nicht das »Du« angeboten.

»Ich wusste es! Jori, du bist es!«, rief da die Bedienung, die am Nebentisch gestanden und das Gespräch offenbar belauscht hatte. Sie kam auf Jori zu und strahlte: »Kennst du mich noch? Ich bin Insa Meierbeck aus deiner Jungscharfreizeit! Ich bin die, die dir immer die Streiche gespielt hat und dich fast in den Wahnsinn trieb! Erinnerst du dich, Jori?«

»Insa? Die kleine freche Insa, die fast mein Bett in Brand gesteckt hätte?«, fragte Jori überrascht.

»Genau die! Ist ja irre, dich hier wiederzusehen! Ich

habe dich kaum erkannt! Ich arbeite jetzt hier als Aushilfe, wie du siehst. Ansonsten gehe ich in die zehnte Klasse. Und wie gehts *dir* so? Was macht deine Freundin Helma? Oder seid ihr inzwischen schon verheiratet?«, fragte Insa nun fröhlich. Offenbar hatte sie keine Ahnung von der Sache mit dem Unfall.

Jori wurde augenblicklich wieder sehr ernst. »Helma ist leider bei einem Unfall ums Leben gekommen«, sagte er dann leise.

»Echt? Oh Mann, das tut mir Leid! Die war so 'ne tolle Frau! Muss doch jetzt tierisch hart für dich sein ... Mann, das tut mir echt total Leid für dich, Jori!«, meinte Insa betroffen.

»Ist schon gut!«, sagte Jori.

»Tja ... Ich muss dann auch weitermachen ... Alles Gute für dich!«, sagte Insa noch und wandte sich dann wieder anderen Gästen zu.

»Mir tut das auch Leid für dich!«, griff Jackie das Thema auf.

»Danke. Tja ... lass uns von etwas Erfreulicherem reden!«, meinte Jori nun. »Erzähl mir doch mal ein bisschen von dir! Wenn du mich unbedingt kennen lernen willst, möchte ich auch gerne wissen, wer *du* bist!«

»Ach, da gibt es nicht viel zu erzählen«, wehrte Jackie ab. »Ich komme aus Hamburg und bin 16, also, fast 17. Und ich gehe noch zur Schule. Tja ... Was interessiert dich noch?«

»Hm ... Hast du noch Geschwister? Und wie heißt du eigentlich mit Nachnamen, Jackie?«, wollte Jori nun wissen.

»Ich habe keine Geschwister. Bin 'n Einzelkind. Mit Nachnamen heiße ich ...« Jackie zögerte. Sollte sie ihren

Nachnamen verraten? Hm ... Ach was, den Namen Jackesch gab es ja öfter. »Jackesch!«, sagte sie deshalb.

»Jackie Jackesch also!«, meinte Jori.

»Na ja, eigentlich *Jorine* Jackesch, Jackie ist nur mein Spitzname, weil ich den Namen Jorine blöd finde«, gab Jackie zu. Aus Joris Gesicht versuchte sie Schlüsse zu ziehen. Ob ihm der Name bekannt vorkam? Jackie spürte, wie ihr Puls raste. Ob ihm jetzt wohl langsam wieder die Erinnerung an das kleine Baby kam, das seine damalige Freundin kurze Zeit nach ihrer Hochzeit bekam?

»Du heißt Jorine? Das ist aber ein seltener Name! Aber du hast Recht, ich finde Jackie auch schöner«, stimmte Jori ihr zu.

»Hm ...« So »normal«, wie Jori reagiert hatte, schien ihn der Name an nichts Besonderes zu erinnern. Einerseits beruhigte Jackie das in gewisser Weise – so konnte sie noch eine Weile ganz ungezwungen mit ihm reden, ohne dass er die Wahrheit erfuhr. Andererseits begann ihr Hirn auf Hochtouren zu arbeiten. Jori hatte also wahrscheinlich nicht den Hauch einer Ahnung davon, dass es sie überhaupt gab! Sonst hätte ihm der Name Jorine Jackesch garantiert etwas gesagt! Schließlich hatte er Mama ja mal so tierisch geliebt! Jedenfalls war es ziemlich sicher, dass der Brief von ihm stammte – warum sonst hätte Mama ihn zusammen mit dem Foto aufbewahrt, das sie mit Jori zeigte? Da fiel Jackie ein, dass sie ja unbedingt eine Schriftprobe von Jori brauchte! Und sie wusste auch schon, wie sie dazu kam!

»Sag mal, Jori, mein Onkel meinte, hier gäbe es irgendwo eine Burg in der Nähe. Die würde ich mir gerne mal anschauen, aber mein Onkel wusste nicht mehr, wie ich da genau hinkomme. Kennst du diese Burg zufällig?«, fragte Jackie und tat so ahnungslos wie nur möglich. Natürlich hatte Onkel Arne den Weg gewusst, als er heute Mittag meinte, Jackie solle sich doch einmal die schöne Kriptelburg anschauen, aber etwas Besseres war ihr nicht eingefallen, um von Jori eine Schriftprobe zu bekommen, ohne dass er Verdacht schöpfen würde.

»Du meinst die Kriptelburg?«

»Ja, genau so heißt sie!« Ha, er kannte die Burg! Prima! Na ja, Onkel Arne hatte ja auch gesagt, dass in dieser Gegend *jeder* diese Burg kannte und schon einige Male dort gewesen war, weil sie ein beliebtes Ausflugsziel und die einzige wirkliche Attraktion der ganzen Region war.

»Also, das ist ganz einfach. Du musst nur durch Bletau fahren, dann nach Wersching und danach in Richtung Kriptel abbiegen. Dann kannst du sie schon von weitem sehen! Ist gar nicht zu verfehlen. Das ist wirklich eine schöne Burg! Ich war als Kind oft mit meinen Eltern dort. Jetzt hat man alles so ausgestaltet wie im 18. Jahrhundert. Man fühlt sich wie in eine andere Zeit versetzt!«, erklärte Jori.

»Das hört sich gut an! Kannst du mir die Ortsnamen mal aufschreiben? Ich bin so vergesslich, ich kann mir die sonst bestimmt nicht merken!«, bat Jackie und kramte aus ihrer Handtasche einen kleinen Block und einen Kugelschreiber.

»Ja, klar, kann ich machen!« Während Jori nun die Ortsnamen und eine kleine Beschreibung auf den Zettel kritzelte, wurde Jackie immer aufgeregter. War das dieselbe Handschrift wie die des Briefes? Ganz sicher war sie sich nicht. Aber sie würde das noch genauer vergleichen, sobald sie wieder bei Onkel Arne war.

»Tja, dann wünsche ich dir viel Spaß auf der Burg! Wird dir sicher gefallen!«, meinte Jori. »Ja, bestimmt«, bestätigte Jackie und steckte die Wegbeschreibung ein. Ganz vorsichtig, damit sie ja nicht beschädigt wurde.

»Hm ... Ist nett hier, oder?«, meinte sie dann und überlegte fieberhaft, worüber man jetzt sprechen konnte.

»Ja, ein netter Laden. Muss neu sein. Ich war jedenfalls noch nie hier ... Aber ich war auch schon mindestens zwei Jahre nicht mehr Eis essen«, sagte Jori, während er genüsslich sein Eis aß.

»Hm ... Was ist das eigentlich für eine Freizeit gewesen, auf der du Insa kennen gelernt hast? Die hat doch gesagt, das war eine Junsch ... irgendwie so was ...«

»Du meinst die Jungscharfreizeit!«, verbesserte Jori sie.

»Genau. Was ist das, eine Jungschar?«, fragte Jackie.

»Eine Jungschar ... Tja, wie soll ich dir das erklären? Hm ... Du warst doch im Jugendkreis, hast du erzählt, nicht?«

»Ja.«

»Eine Jungschar ist im Prinzip dasselbe, nur für Kinder von etwa 9-12 Jahren. Wir haben da Spiele gemacht, gesungen und Geschichten erzählt und so. Na ja, und auf der Freizeit, da haben wir mit den Kindern damals eine Woche im Harz verbracht und eine Schatzsuche gemacht – natürlich war das kein echter Schatz, sondern nur eine Kiste mit Süßigkeiten. Und Wettkämpfe haben wir auch veranstaltet und Sachen gebastelt ... Und die Kinder haben uns oft Streiche gespielt. Besonders Insa war ein ziemlich freches Gör«, grinste Jori, und er schien sich richtig gerne an diese Zeit zu erinnern. Dann sollte man doch unbedingt bei diesem Thema bleiben!

»Was für Streiche hat die denn so gemacht, diese Insa?«, fragte Jackie deshalb und Jori begann, von all den lustigen, peinlichen und aufregenden Erlebnissen seiner Zeit als Freizeitleiter zu erzählen. Je mehr er sich diese Zeit ins Gedächtnis zurückholte, umso lockerer wurde er. Er blühte förmlich auf! Es schien ihm ausgesprochen gut zu tun, über diese Erlebnisse reden zu können. Und er war ein wirklich guter Erzähler. Jackie konnte immer mehr verstehen, warum die Gemeinde in Waching offenbar so an ihm gehangen hatte; Jori war wirklich ein prima Kerl! Witzig, liebevoll, einfühlsam, und er nahm einen ernst. Mit anderen Worten: Der krasse Gegensatz zu Papa!

Jackie erzählte Jori auch alles Mögliche aus der Schule, von ihren Freundinnen und Lehrern – und Jori hörte einfach zu! Jackie konnte sich nicht erinnern, dass Papa ihr jemals so gut und so lange zugehört hatte. Dazu hätte er weder die Zeit noch die Geduld gehabt. Vor allem aber hätte es ihn nicht die Bohne interessiert. Ihn interessierten nur seine Geschäfte! Seine Familie war für ihn doch bestenfalls ein lästiges Anhängsel. Jori war da wirklich wohltuend anders! Und Jackie schoss eine Frage durch den Kopf, von der sie nicht wusste, ob sie so etwas denken sollte: Warum, um alles in der Welt, hatte Mama damals einen so netten Kerl für jemanden wie Papa aufgegeben?

Es war schon fast halb fünf, als Jori meinte: »Oh, schon so spät? Eigentlich hatte ich höchstens eine halbe Stunde bleiben wollen! Tja, wollen wir so langsam gehen? Ich glaube, die Leute hier sind auch froh, wenn wir endlich den Platz räumen.«

»O.K., wenn du meinst!«, sagte Jackie etwas enttäuscht. Es war gerade so schön gewesen! Jori war so richtig aufgetaut! Aber er hatte vermutlich Recht: Die Bedienung hatte immer wieder zu ihnen hinübergesehen, weil es keine anderen freien Plätze mehr gab und die beiden ihr Eis natürlich längst aufgegessen hatten. So kam sie auch sofort angesaust, als Jori ein Zeichen gab, dass sie bezahlen wollten. Jackie wollte gerade ihr Portmonee herauskramen, da meinte Jori: »Nein, bitte lass mich bezahlen! Du hast mir doch schon die teuren Blumen geschenkt!«

»Okay«, stimmte Jackie zu. Jori war echt toll!

Als die beiden draußen waren, gab Jori Jackie die Hand und sagte: »Tja, dann wollen wir mal wieder nach Hause fahren ... Auch wenn ich immer noch keine Ahnung habe, warum du mich kennen lernen willst, bedanke ich mich herzlich bei dir! Ich habe schon lange nicht mehr so einen netten Nachmittag verbracht! Damit hatte ich gar nicht gerechnet ... Es hat richtig gut getan, mal wieder so locker mit jemandem zu plaudern. Danke, Jackie!«

»Ich fands auch riesig! Danke, dass du gekommen bist!«, erwiderte Jackie. Am liebsten hätte sie noch Stunden mit Jori verbracht. Aber man sollte seine Freundlichkeit wohl auch nicht überstrapazieren. Trotzdem, sie wollte es nicht bei diesem einen Treffen belassen. Jetzt erst recht nicht, wo sie wusste, wie nett er war!

»Jori ... Äh ...«, begann sie zögernd, »hättest du Lust und Zeit, dass ich dich morgen noch mal besuche? Oder ... wir könnten ja auch gemeinsam zur Kriptelburg fahren! Dann könntest du mir da alles zeigen und erklären! Das fände ich total super! Hättest du Lust dazu?«

9 | BEDENKEN

»Na, Jackie, wie war dein Treffen mit Jori?«, fragte Onkel Arne, als er sah, dass sie sein Fahrrad – diesmal das richtige – in den Schuppen stellte.

»Toll! Jori ist echt klasse, da hattest du Recht! Wir haben uns super unterhalten!«, antwortete Jackie.

»Tatsächlich? Der scheint ja wohl wirklich nicht so verschlossen zu sein ...!«, wunderte sich Onkel Arne.

»Nee, ist er überhaupt nicht! Wahrscheinlich haben die Leute alle nur Vorurteile oder so ... Er hat total locker und witzig von seinen Freizeiten erzählt und aus seiner Kindheit und so! Und er kann auch voll gut zuhören! Das macht richtig Spaß, ihm was zu erzählen!«, schwärmte Jackie. Onkel Arne schien nicht recht zu wissen, ob er sich darüber freuen sollte oder nicht.

»Du scheinst ja ganz begeistert von ihm zu sein«, meinte er grinsend. »Na ja, Jori hat es vielleicht ganz gut getan, sich mal mit jemandem unterhalten zu können ...«

»Ja, glaube ich auch! Und er nimmt mich auch voll ernst! Da ist er echt anders als die meisten Erwachsenen! Er behandelt mich wie ... na ja, als wäre ich genauso alt wie er! Nicht so wie Papa und Mama, die mir nie was zutrauen! Der Typ ist echt cool! Und super nett!«

»Und ihr wart wirklich Eis essen?«, hakte Onkel Arne nach.

»Ja, Jori hat sogar bezahlt! War richtig super! Tja, nun will ich aber nach oben in mein Zimmer, hab heute noch was vor!«, sagte Jackie noch und schon war sie weg.

Schließlich wollte sie endlich Joris Handschrift mit der in dem Brief vergleichen!

Onkel Arne sah ihr nach und murmelte: »Wenn das bloß gut geht ...! Das Mädchen sucht doch in Jori garantiert unbewusst einen Vaterersatz – was man ihr bei *dem* Vater nicht einmal verübeln kann ... Hoffentlich verrennt sie sich da nicht zu sehr in etwas! Vielleicht sollte man Jori einmal über die Lage aufklären, damit er ihr keine falschen Hoffnungen macht ... Nun ja, vielleicht warte ich lieber noch ein wenig, wie sich alles entwickelt ...«

Noch außer Atem stürzte Jackie zu ihrem Rucksack. Vermutlich war sie noch nie in ihrem Leben so schnell eine Treppe hinaufgerannt. Hastig holte sie den Brief hervor und verglich dann die Schrift mit der auf der Wegbeschreibung. Ein bisschen anders sah sie aus, aber nur minimal. Na ja, der Brief war ja auch schon 17 Jahre alt, und im Lauf der Zeit änderte man seine Handschrift auch immer wieder mal ein bisschen, oder? Sie schrieb jedenfalls heute ganz anders als damals in der Grundschule! Es war *ganz sicher* Jori, der damals den Brief geschrieben hatte! Da war sie sich jetzt 100-prozentig sicher. Na ja, wenigstens 99-prozentig.

»Ja!«, jubelte Jackie. Sie hatte den Mann also wirklich gefunden, der mit Mama noch kurz vor deren Hochzeit etwas laufen hatte – und bestimmt ihr Vater war! Jackie konnte sich immer mehr mit diesem Gedanken anfreunden – besonders nach diesem tollen Nachmittag! Jori war einfach nur super! So lieb, so witzig, so verständnisvoll! Er hatte all die Eigenschaften, die sie sich von einem Vater wünschte! Papa war damit offenbar nicht gerade gesegnet. Er hatte nie Zeit – und wenn, hatte er sie höchstens, um Fußball zu schauen oder mit irgendwelchen Schicki-micki-Geschäftsfreunden Party zu machen. Manchmal fragte sich Jackie, warum Papa sich überhaupt ein Kind angeschafft hatte. Er hatte doch überhaupt kein Interesse an ihr und ihren Problemen! Im Grunde war er Jackie ziemlich fremd. Er versorgte sie mit dem nötigen Taschengeld, und das wars im Prinzip auch schon. Sie musste nur mal dran denken, was er zu Mamas Vorschlag mit der Reitfreizeit gesagt hatte. »Lasst mich mit diesem Quatsch doch in Ruhe! Ich habe mich um wichtigere Dinge zu kümmern! Du hast doch eine Bankvollmacht, also belästige mich nicht mit so was!« Damit war für ihn die Sache erledigt gewesen. Er hatte weder gefragt, was das für eine Freizeit war, noch, wie lange Jackie dorthin wollte. Jori war da völlig anders! Der hätte bestimmt ganz genau nachgefragt und dann noch Geschichten von Reitfreizeiten erzählt, die er selbst mal mitgemacht hatte oder so. Hätte Mama *ihn* geheiratet, dann hätte Jackie jetzt einen Vater, der immer ein offenes Ohr für sie hatte! Das wäre so genial! Je mehr Jackie über Jori nachdachte, desto mehr wünschte sie sich, dass er wirklich ihr Vater war.

Das Klingeln ihres Handys ließ sie hochfahren. Wer rief denn jetzt an?

»Hallo?«, meldete sie sich.

»Hallo, Jackie, meine Süße, wie gehts dir denn? Hast du schon deine erste Kuh gemolken?«, kam es vom anderen Ende. Aha, Mama war dran!

»Hi, Mama! Ist toll hier! Onkel Arne ist auch total nett! Ich weiß gar nicht, was Papa immer gegen ihn hat!«, meinte Jackie nun.

»Das freut mich, dass ihr euch gut versteht! Das freut mich wirklich!«, erwiderte Mama, und Jackie nahm ihr ab, dass sie es ehrlich meinte. »Was machst du denn so den ganzen Tag? Ist es nicht ein bisschen langweilig? So ohne Kino und Shopping-Meile?«

»Nee, überhaupt nicht! Gestern war ich in Waching im Jugendkreis! War ganz nett da! Onkel Arne hat gesagt, du warst früher auch im Jugendkreis von dieser Gemeinde! Stimmt das?«, fragte Jackie.

»Ja, aber das war, bevor ich Papa kennen lernte. Und das hat dir gefallen?« Mama schien diese Tatsache sehr zu wundern, aber vielleicht sogar auch zu freuen.

»Ja, die sind ganz gut drauf. Vor allem der Leiter, dieser ... hm, jetzt habe ich den Namen vergessen ...«

»Jori?«, fragte Mama. Jackie stockte fast der Atem. Mama konnte sich sofort an Jori erinnern! Wenn das nichts heißen sollte ...!

»Nee, nicht Jori, der hieß anders ... Aber welchen Jori meinst du?«, hakte Jackie nach. Diese Chance musste man nutzen, um unauffällig Jori ins Gespräch bringen zu können.

»Ach, als ich damals noch im Jugendkreis war, gab es da einen netten Leiter, der hieß Jori Janssen. War ein ganz feiner Kerl! Aber das ist auch schon eine Ewigkeit her – ist ja eigentlich logisch, dass er das heute nicht mehr macht. Der muss mittlerweile schon ... so um die fünfzig sein, denke ich!«, erzählte Mama nun. Kein Zweifel, sie war ziemlich begeistert von Jori – und sie dachte vermutlich immer noch oft an ihn. Jackie zögerte. Sollte sie Mama einfach mal direkt fragen, ob ...?

»Warst du mal ... mit ihm zusammen, mit diesem Jori?«, fragte sie und bemühte sich, sich ihre Aufregung nicht anmerken zu lassen. Diese Frage brachte ihren Puls zu neuen Höchstleistungen.

»Mit Jori? Nein, wie kommst du denn darauf?«, fragte Mama zurück.

»Na ja ... hätte ja sein können, wenn der so nett war ...«

»Nee, aber ich habe eine Zeit lang mit ihm zusammen den Jugendkreis geleitet. Das war aber nur für ein paar Monate. Ist ja egal. Was machst du denn sonst noch so den ganzen Tag?«

War es nicht auffällig, wie abrupt Mama das Thema gewechselt hatte? War da nicht ein tierisch schlechtes Gewissen herauszuhören und die Angst, dass ihr jemand auf die Schliche kam? Jackie war sich jedenfalls sicher, dass zwischen Mama und Jori weit mehr gelaufen war als ein paar gemeinsam gestaltete Jugendkreisstunden! Sonst hätte Jori ihr wohl kaum so einen Brief geschrieben, oder? Aber eines Tages würde sie Mama auffliegen lassen, und dann würden ihr alle Ausreden nichts mehr nützen – dann, wenn sie Jori auf ihrer Seite hatte und er zugegeben hatte, dass er mit Mama fest zusammen gewesen war. Einerseits war Jackie von ihrer Mutter ziemlich enttäuscht, dass sie sie so belog und nicht mal das Verhältnis mit Jori zugab, als Jackie sie direkt danach fragte. Andererseits hatte sie nicht wirklich etwas anderes erwartet – Mama hatte schließlich die ganzen Jahre geschwiegen, warum also sollte sie jetzt ihr Geheimnis preisgeben?

»Tja ... Heute bin ich ein bisschen in der Gegend rumgefahren und Eis essen gegangen«, erzählte Jackie.

»So ganz alleine? War das nicht langweilig?«, fragte Mama.

»Nö, gar nicht ... Was machst du denn so?«, wechselte Jackie nun das Thema. Wenn Mama schon ihre Beziehung zu Jori nicht zugab, dann würde sie ihr auch nichts von dem Nachmittag mit eben diesem Jori erzählen.

»Ach, ich will noch mit Mira ins Kino gehen. Papa muss schon wieder Überstunden machen! Eigentlich könnte er auch gleich ganz im Büro einziehen, er ist ja eh fast immer dort!« Ein leicht frustrierter Unterton schwang in ihrer Stimme mit.

»Wer weiß, vielleicht hat er ja eine Geliebte?«, rutschte es Jackie raus.

»Papa? Eine Geliebte? Machst du Witze? Wenn der sich noch mal verknallt, dann in seinen Computer!«, erwiderte Mama. Und etwas leiser fügte sie hinzu: »Sein Hirn besteht doch nur noch aus Sitzungen, Bilanzen und Verträgen – da haben Gefühle doch gar keinen Platz mehr!« Sie hatte Recht – es war schon extrem unwahrscheinlich, dass Papa sich noch einmal in jenen charmanten Sonnyboy verwandeln würde, der damals die Liebesbriefe an Mama geschrieben hatte.

»Aber lass dir von meinem Frust hier nicht die Laune verderben! Ich muss jetzt aufhören, Mira kommt gleich. Grüß Onkel Arne schön von mir und mach dir eine tolle Zeit, meine Große!«, schwenkte Mama nun in einen heiter-lockeren Ton um. »Bis dann!«

»Ja, bis dann!«

Jackie legte ihr Handy beiseite. Wie eine glücklich verheiratete Ehefrau hatte Mama nicht gerade geklungen. Wahrscheinlich hatte sie wirklich Recht: Papa war längst mit seiner Firma verheiratet. *Jori* wäre bestimmt nie so geworden, auch wenn er wie Papa Manager einer großen Firma geworden wäre. Jackie kramte das Foto von Jori heraus und seufzte.

»Jackie, kommst du zum Abendessen?«, hörte sie Onkel Arne von unten rufen.

»Ja, ich komme!«, rief sie zurück, packte schnell Brief,

Wegbeschreibung und Foto wieder in ihren Rucksack und lief dann nach unten.

»Hättest du Lust, morgen mit mir aufs Feld zu fahren?«, fragte Onkel Arne, während er sein Wurstbrot schmierte.

»Hm ... Eigentlich hatte ich schon was anderes vor. Jori will mit mir zur Kriptelburg! Cool, was?«, antwortete Jackie und biss in ihr Käsebrot. Nach diesem aufregenden Tag hatte sie richtig Hunger.

»Zur Kriptelburg? Nur ihr beide?« Onkel Arne sah sie skeptisch an. Sofort breiteten sich ein paar Sorgenfalten auf seinem Gesicht aus.

»Ja, das wird bestimmt toll! Jori hat Zeit und er war schon oft dort! Und da kann er mir dann alles genau erklären!«, wehrte Jackie seine Bedenken ab.

»Aha«, sagte Onkel Arne, aber so richtig überzeugt war er wohl nicht. Nach einer Schweigesekunde schien ihm eine Idee zu kommen. Sein Gesicht hellte sich auf: »Also, wenn ich mich beeile, dann könnte *ich* auch mit dir zur Kriptelburg fahren! Ich war ja auch schon mal da, und wenn ich einige Sachen verschiebe ...«

»Nee, lass mal, Onkel Arne, lieb gemeint, aber ich fahre lieber mit Jori. Ist nichts gegen dich, aber ... Na ja, ich habe ihm das nun schon versprochen und er freut sich da bestimmt schon drauf ... und du hast ja auch noch viel zu tun und ich will dich nicht von deiner Arbeit abhalten!«, wehrte Jackie seinen Vorschlag ab.

»Wie du meinst«, murmelte Onkel Arne enttäuscht. »Was genau wollt ihr beiden denn da auf der Burg machen?«, fragte er dann.

»Keine Ahnung, mal sehen, was sich ergibt ... Hauptsache, wir lernen uns näher kennen«, meinte Jackie nur.

»Hm ... Du solltest Jori aber nicht zu sehr ... belästigen und seine Zeit so sehr in Anspruch nehmen! Er muss schließlich auch arbeiten und seinen Haushalt machen und so ... Da kann er nicht ständig mit dir unterwegs sein!«, wandte Onkel Arne ein.

»Keine Angst, ich nerve ihn schon nicht! Wenn er keine Zeit hat, wird er mir das schon sagen, oder? Er ist ja schließlich nicht blöd! Aber ich glaube, das macht ihm richtig Spaß, sich mit mir zu unterhalten!«, erwiderte Jackie.

»Wenn du meinst ...«, sagte Onkel Arne nur, aber man spürte, dass ihm bei der ganzen Sache nicht wohl war.

Jackie wollte nur Onkel Arne fragen, ob sie sich heute Abend einen Krimi ansehen konnte (schließlich hatte Onkel Arne nur *einen* Fernseher und wollte vielleicht selbst einen Film gucken), als sie ihn in der Küche telefonieren hörte.

»Hallo, Jori! Hier ist Arne Sörensen. Ich muss unbedingt mal mit dir reden!«

Bei dem Wort »Jori« blieb sie unwillkürlich stehen. Was wollte Onkel Arne von Jori? Wollte er etwa den morgigen Ausflug absagen?

10 | DER STREIT

Jackie lag in ihrem Bett und starrte in die Dunkelheit. Sie war viel zu aufgeregt, um einzuschlafen. Das war echt ein krasser Tag gewesen! Total cool! Das Treffen mit Jori war noch tausendmal besser gewesen, als sie es sich ausgemalt hatte. Warum Felix wohl behauptet hatte, Jori sei so verschlossen? Der war doch supernett und locker! Jackie lächelte. Vielleicht war aber auch sie die Einzige, die wirklich an ihn herankam! Vielleicht ... Ja, vielleicht lag das daran, dass sie instinktiv spürte, was er brauchte, weil sie seine Erbanlagen hatte oder so ...!

»Papa Jori«, flüsterte sie und grinste. Eine innere Stimme sagte ihr, dass es Papa gegenüber Verrat war, diesen Mann »Papa« zu nennen, aber sofort wehrte sich eine andere Stimme mit dem Argument, dass jemand, der sich so wenig aus seiner Familie zu machen schien wie Papa, diese Anrede eigentlich gar nicht verdiente. Jori verdiente sie viel mehr! Außerdem war er ganz sicher ihr richtiger Vater! Sie hatten so viele Gemeinsamkeiten! Sie mochten zum Beispiel beide gerne die englische Sprache und liebten Streiche! Und beide hatten sie einen Erdbeerbecher bestellt! Brauchte es da noch mehr Beweise? Jori war ihr Vater, da gab es keinen Zweifel mehr! Jackie freute sich jetzt schon auf sein verdutztes Gesicht, wenn sie ihm das eines Tages sagen würde! Aber erst wollte sie sich sicher sein, dass er sie richtig gerne mochte. So, dass er sie dann ganz bestimmt nicht mehr zurückweisen würde! Morgen hatte sie bei dem

Ausflug bestimmt genug Gelegenheit, aus dem ersten Kontakt langsam eine gute Freundschaft entstehen zu lassen! Das würde super werden! Jetzt konnte sie nichts mehr aufhalten! Auch nicht Onkel Arnes jämmerlicher Versuch, den Ausflug abzublasen! Zum Glück hatte Jackie sich geräuspert, bevor Onkel Arne noch etwas hatte sagen können, und da hatte er nur noch in den Telefonhörer gemurmelt: »Du, ich rufe dich später noch mal an, bei mir ist gerade jemand gekommen!« Und dann hatte Onkel Arne auch noch steif und fest behauptet, er hätte gar nicht bei Jori Janssen angerufen, sondern bei einem Freund, den sie zufällig auch Jori nannten, obwohl er eigentlich Johannes-Richard hieß! Haha! Für wie blöd hielt Onkel Arne sie denn? Das glaubte er doch selbst nicht! Wer hieß denn schon Johannes-Richard? Na ja, immerhin hatte er ihr versprochen, nicht mehr bei Jori Janssen anzurufen und sich auch ansonsten nicht mehr einzumischen. Das ging ihn schließlich überhaupt nichts an ...!

Was Mama wohl sagen würde, wenn sie erfuhr, dass Jackie Jori ausfindig gemacht und sich mit ihm angefreundet hatte? Die wäre bestimmt völlig von den Socken! Aber Jackie wollte noch ein bisschen warten, bevor sie die Bombe platzen ließ. Am Telefon war Mama mit dem Thema »Jori« noch ziemlich cool umgegangen. Aber sie hatte ja auch noch keine Ahnung, dass Jackie längst wusste, was Sache war! Die würde sich noch umschauen ...!

Noch eine ganze Weile dachte Jackie über Jori nach, dann schlief sie endlich ein.

Jackie trat ordentlich in die Pedale. Ganz schön windig war es heute, aber dafür schien die Sonne. Ideales Wetter für einen Ausflug! Wieder einmal merkte sie, wie aufgeregt sie wurde. Das würde bestimmt ein superschöner Tag werden! Sie hatte extra einen großen Picknickkorb gepackt! Was konnte da noch schief gehen? Endlich traf Jackie in Bletau ein.

Voller Vorfreude klingelte sie bei Jori. Es dauerte eine ganze Weile, bis Jori ihr endlich öffnete. Irgendetwas schien passiert zu sein, denn er sah überhaupt nicht fröhlich aus, eher deprimiert. Und so klang auch sein »Guten Morgen, Jackie!« Na ja, vielleicht gehörte er zu diesen Morgenmuffeln, die immer erst ein paar Stunden brauchten, bis sie richtig fit waren.

»Wollen wir los? Wird bestimmt super heute, was? Die Sonne scheint so schön und …«

»Ich komme nicht mit. Du musst allein fahren«, unterbrach Jori sie. Jackies Freude verwandelte sich augenblicklich in maßloses Unverständnis.

»Aber warum denn? Was ist denn passiert?«, fragte sie.

»Nichts … Aber … glaube mir, es ist besser so. Mach dir einen schönen Tag, Jackie. Ich wünsche dir viel Spaß!«, sagte Jori noch, dann schloss er die Tür. Jackie war völlig perplex. Was war denn mit *dem* los? Der hatte sie doch nicht alle! Jetzt war sie extra hierher gefahren und hatte sich so gefreut, und da machte er einfach so einen Rückzieher? Aber so leicht ließ sie sich nicht abservieren! Sie klingelte noch einmal. Als eine ganze Weile keine Reaktion kam, klingelte sie erneut, aber diesmal ausdauernd. So ließ sie sich nicht behandeln! *Sie* nicht!

Endlich öffnete Jori und sagte: »Ich komme wirklich nicht mit, Jackie! Ich weiß, es ist nicht gerade die feine

Art, dir das heute Morgen erst zu sagen, aber ich wusste ja nicht, wo du wohnst oder wie ich dich erreichen kann, sonst hätte ich dir gestern schon Bescheid gesagt. Es tut mir Leid und ich möchte mich auch dafür entschuldigen!«

»Darum geht es doch gar nicht! Aber ich will wissen, was los ist! Habe ich irgendetwas falsch gemacht? Oder irgendwas Dummes gesagt oder so?«, fragte Jackie etwas hilflos.

»Nein, überhaupt nicht! Es war wirklich nett mit dir! Aber ... ich kann einfach nicht mitkommen!«, antwortete Jori bedrückt. »Bitte akzeptier das einfach mal so!«

»Bist du krank geworden oder warum?«, hakte Jackie nach.

»Nein ... Ich ... Das würdest du nicht verstehen. Bitte geh jetzt, Jackie! Ich möchte gerne allein sein! Ich wünsche dir noch einen schönen Tag!« Wieder schloss Jori die Tür. Diesmal klingelte Jackie nicht noch einmal. Bitter enttäuscht ging sie zu ihrem Fahrrad zurück. Was hatte dieser plötzliche Sinneswandel bei Jori nur zu bedeuten? Ob sie vielleicht doch etwas falsch gemacht hatte? Plötzlich kam ihr ein Gedanke. An so einem krassen Sinneswandel konnte eigentlich nur einer schuld sein: Onkel Arne! Der musste Jori doch noch mal angerufen und ihm verboten haben, sich weiterhin mit ihr zu treffen! Na, der konnte sich auf was gefasst machen! Der kriegt jetzt was zu hören von ihr! Was fiel diesem Wichtigtuer überhaupt ein? Für wen hielt der sich? Für ihren persönlichen Aufseher? Der hatte offensichtlich einen nicht unerheblichen Dachschaden! Aber dem würde sie jetzt was erzählen ...!

Sofort machte sich Jackie auf den Rückweg. Kaum

hatte sie Onkel Arnes Hof erreicht, warf sie das Fahrrad (samt Picknickkorb) zu Boden und stampfte wutentbrannt ins Haus.

»Onkel Arne!«, rief sie, doch es kam keine Antwort. Dann war er bestimmt im Stall! Jackie lief in den Kuhstall und anschließend in den Schweinestall – was sie schon ziemliche Überwindung kostete –, aber von Onkel Arne war weit und breit nichts zu sehen! Vermutlich hatte er schon mit einer Standpauke gerechnet und sich sicherheitshalber aus dem Staub gemacht, dieser Feigling!

Jackie wollte gerade zurück ins Haus gehen, als sie Onkel Arne mit dem Traktor auf den Hof fahren sah. Mit energischen Schritten lief sie auf ihn zu. Kaum hatte er den Motor abgestellt, brüllte sie: »Kannst du mir vielleicht mal sagen, was dieser Scheiß soll? Du bist echt das Letzte! Was fällt dir ein, dich so in mein Leben einzumischen! Du ...«

»Moment mal, worum geht es überhaupt?«, unterbrach Onkel Arne sie völlig perplex. Aha, jetzt machte er auch noch auf ahnungslos! Der dachte wohl, dass er mit so was bei ihr durchkam! Aber da hatte er sich geirrt, und zwar gewaltig!

»Du weißt ganz genau, worum es geht! Tu doch nicht so scheinheilig! Dass du so fies bist, hätte ich echt nicht gedacht! Alles musst du einem kaputtmachen!«, schrie Jackie. Wenn sie so richtig in Fahrt kam, konnte sie ziemlich heftig werden. Und im Moment war sie so sehr in Fahrt wie noch nie in ihrem Leben! (Außer vielleicht damals, als sie entdeckt hatte, dass Mama heimlich ihr Tagebuch gelesen hatte ...)

»Jetzt mach aber mal 'n Punkt! Wie führst du dich denn hier auf? Weißt du überhaupt noch, was du sagst?«, konterte Onkel Arne nun nicht weniger lautstark. Alles wollte er sich von dieser verwöhnten Großstadtgöre auch nicht bieten lassen! Es war schon schlimm genug, dass ihr Vater so arrogant auf ihn herabsah, aber von Jackie würde er sich nicht so beschimpfen lassen!

»Ich weiß genau, was ich sage! Glaub ja nicht, dass ich nicht weiß, dass du Jori heimlich angerufen hast, um mir das Treffen mit ihm zu versauen! Deine Scheißgeschichte mit deinem Freund Johannes-Richard kannste dir sonst wohin stecken, die glaube ich dir sowieso nicht!«, blaffte Jackie zurück.

»Du vergreifst dich gehörig im Ton, junge Dame! Oder redet ihr bei euch in den feinen Kreisen immer so?«

»Ja ja, lenk nur ab! Aber damit kommst du bei mir nicht weiter! Wenn du dich noch einmal einmischst, dann ...«

»Was dann? Willst du dann wieder nach Hause? Nur zu! Auf solche pubertierende Zicken wie dich kann ich liebend gerne verzichten! Und nur zu deiner Information: Ich habe deinen Jori wirklich nicht angerufen!«, entgegnete Onkel Arne, der inzwischen ebenfalls stocksauer war.

»Ach nee? Und warum ist Jori dann wie ausgewechselt und hat mich wieder nach Hause geschickt, hä?« Jackie sah ihn herausfordernd an. Was er jetzt wohl dazu sagen würde?

»Vermutlich hat er endlich Vernunft angenommen! Mit so einem hysterischen Teenager hält es ja auch keiner aus!«, knurrte Onkel Arne, während er zum Geräteschuppen lief.

»Du bist echt abartig, du bist total bescheuert, du bist einfach absolut das Oberletzte!«, rief Jackie wütend und lief ins Haus. Sie ging in ihr Zimmer, warf sich auf ihr Bett und heulte, was das Zeug hielt. Onkel Arne war so was von fies! Papa hatte völlig Recht, wenn er nichts mit dem Kerl zu tun haben wollte! Alles hatte er ihr vermasselt! Aber wenn der jetzt glaubte, sie ließe sich durch ihn von ihren Plänen abbringen, dann hatte er sich gründlich verrechnet! Sie würde trotzdem eine Freundschaft zu Jori aufbauen! Jori wollte das bestimmt auch, und wenn Onkel Arne nicht dazwischengefunkt hätte, hätten sie heute garantiert einen supergenialen Tag auf der Kriptelburg verbracht! Aber egal, was Onkel Arne noch alles anstellen würde, er würde nichts an der Tatsache ändern können, dass sie und Jori zusammengehörten – denn dass Jori ihr Vater war, konnte schließlich auch Onkel Arne nicht mehr rückgängig machen!

Nachdem Jackie sich den größten Frust von der Seele geheult hatte, überlegte sie schniefend, was sie nun tun konnte. Nach einigem Grübeln kam ihr eine Idee: Sie würde Jori einfach einen Brief schreiben und ihn darüber aufklären, dass Onkel Arne irgendwie einen Überbehütungstick hatte und offenbar glaubte, Jackie wäre drauf und dran, bei Jori einzuziehen und ihn zu heiraten. Wenn Jori diesen Brief las, hatte er bestimmt nichts gegen ein weiteres Treffen – dann natürlich ohne Onkel Arnes Wissen.

Jackie verlor keine Zeit. Sie kramte Briefpapier und Kugelschreiber hervor und legte los – zum Glück hatte sie beides dabei, um Oma einen »Anstandsbrief« schreiben zu können, wie diese es mit Sicherheit erwartete.

Gerade hatte sie die erste Zeile (»Lieber Jori!«) geschrieben, als sie von unten eine Männerstimme hörte.

»Hallo? Arne?« Wer war *das* denn und wie kam der Kerl hier rein?

Jackie lief in den Flur und sah unten einen jungen Mann stehen, der seiner Kleidung nach auch ein Bauer war.

»Wer sind *Sie* denn?«, fragte Jackie von oben und versuchte, sehr energisch zu wirken.

»Ach hallo! Hab dich gar nicht gesehen! Du bist bestimmt Arnes Nichte, was? Arne hat mir gestern Abend am Telefon erzählt, dass du hier Urlaub machst. Ich bin übrigens Johannes-Richard, kannst mich aber gerne Jori nennen, das machen alle hier. Ist Arne da? – He, du wirst ja ganz bleich! Ist dir nicht gut?«

11 | WAS IST MIT JORI LOS?

Noch halb wankend setzte sich Jackie auf ihr Bett. »Scheiße!«, murmelte sie. »Ich Vollidiot!« Onkel Arne hatte also die Wahrheit gesagt! Und sie hatte ihn dermaßen beschimpft! Man konnte es ihm nicht verübeln, wenn er sie jetzt nach Hause schickte, so völlig bescheuert, wie sie sich benommen hatte. Dann konnte sie die Sache mit Jori endgültig vergessen! Warum war sie nur so ausgetickt, anstatt ihm zu glauben? Sie hätte sich selbst zum Mond schießen können! Aber nun half alles nichts mehr. Sie konnte nur noch um Gnade winseln und auf einen sehr großherzigen Onkel hoffen. Jackie lief zum Flurfenster, von wo aus man einen guten Blick über den ganzen Hof hatte. Onkel Arne besprach gerade etwas mit Johannes-Richard. Ob die über *sie* sprachen? Jetzt lachten beide. Wahrscheinlich war Onkel Arne ziemlich schadenfroh, weil er genau wusste, wie mies sie sich jetzt fühlte. Nun fuhren beide mit je einem Traktor davon. Onkel Arne würde also noch mal aufs Feld fahren. Jackie sah zur Uhr. Halb elf. Plötzlich kam ihr eine Idee: Vielleicht konnte man Onkel Arne durch ein supergutes Mittagessen wieder versöhnen? Da gab es nur ein kleines Problem: Jackie hatte vom Kochen in etwa so viel Ahnung wie ein Eiskunstläufer vom Sumoringen. Aber vielleicht konnte man ja was bestellen? Genau, selbst in dieser Provinz gab es todsicher irgendwo einen Partyservice der gehobeneren Klasse oder so ... Also, dann nichts wie ran!

Jackie sah aus dem Küchenfenster. Wo blieb Onkel Arne denn nur? Wenigstens hatte alles mit dem Partyservice geklappt. Der Typ, der das Essen geliefert hatte, hatte sich ziemlich verdutzt umgeschaut und gemeint: »Zu einem Bauernhof habe ich noch nie geliefert!« Onkel Arne würde Augen machen! Da, endlich kam er mit seinem Traktor auf den Hof gefahren. Wie der Blitz stürmte Jackie zur Haustür. Kaum war er vom Traktor gestiegen, kam sie auf ihn zu und versuchte, möglichst schuldbewusst zu gucken.

»Hallo, Onkel Arne ... Ich wollte mich entschuldigen! Du hattest ja Recht! Es tut mir Leid, dass ich ... na ja, dass ich mich ziemlich danebenbenommen habe! Ich war mir bloß halt so sicher gewesen, dass du mit Jori gesprochen hast, weil der heute so total anders drauf war als gestern!«, sagte sie zerknirscht.

»Ist schon gut ... Aber nächstes Mal sollte man vielleicht in Ruhe darüber reden, anstatt sich gleich zu beleidigen«, schlug Onkel Arne versöhnliche Töne an.

»Ja, ich weiß, war bescheuert von mir ...«, gab Jackie zu.

»Na ja, ich war auch nicht viel besser! Tut mir auch Leid, das mit der pubertierenden Zicke und so ... Dann lass uns mal reingehen. Ich muss noch was zu essen machen. Bei mir gibts heute Bohneneintopf aus der Büchse – mehr kriege ich auf die Schnelle jetzt nicht mehr hin«, meinte Onkel Arne.

»Ach, das macht doch nichts!«, meinte Jackie und lief voraus. In der Küche stellte sie sich neben den gedeckten Tisch – sogar ein Blumenstrauß stand in der Mitte – und strahlte: »Ist alles schon fertig, als kleine Wiedergutmachung!«

»Wow! Das wäre aber doch nicht nötig gewesen, dass du extra für mich kochst!« Onkel Arne sah abwechselnd von den kleinen, hübsch angeordneten Portionen zu Jackie. Die Überraschung war ihr gelungen.

»Was ist denn das Schönes? So was habe ich noch nie gesehen!«, meinte er dann.

»Was denn, du kennst kein Sushi?«, fragte Jackie erstaunt. »Dann solltest du es unbedingt mal probieren!«

Onkel Arne zwang sich zu einem Lächeln.

»Du bist sicher, dass man das essen kann?« Er beäugte kritisch das kleine Etwas auf seinem Teller.

»Klar, schmeckt klasse!«, meinte Jackie.

Noch immer mit skeptischem Blick setzte sich Onkel Arne an den Tisch und begann dieses »seltsame Zeug« zu essen.

»Schmeckt nach Fisch«, bemerkte er dann.

»Da ist auch Fisch mit drin!«, erklärte Jackie grinsend.

»Sättigt ja sehr, dieses Su... diese Röllchen!«, meinte Onkel Arne. »Also, ich bin eigentlich schon fast satt!«

»Schon? Du hast doch erst drei Happen probiert!«, erwiderte Jackie verwundert.

»Na ja ... Ich vertrage vielleicht nicht so viel davon ...«, erklärte Onkel Arne.

»Du magst es nicht, stimmts?«, fragte Jackie etwas enttäuscht.

»Doch, doch, natürlich! Und ich finde es auch nett, dass du extra so was gekocht hast!«, beteuerte Onkel Arne schnell.

»Hab ich nicht gekocht, hab ich kommen lassen. Ich habs nicht so mit dem Kochen ... Außerdem dachte ich, das wäre vielleicht mal was Besonderes, so was isst du sicher nicht jeden Tag.«

»Oh, da hast du zweifellos richtig gedacht!«, stimmte Onkel Arne ihr zu. »Also ... wenn du das so gerne magst, dann iss doch meine Portion auch noch mit auf! Ich glaube, ich mache mir doch lieber eine Büchse auf! Ich hoffe, du nimmst mir das nicht übel. Ich weiß deine Mühe wirklich zu schätzen, aber ...«

»Ist schon okay«, unterbrach ihn Jackie resigniert.

Sofort stand Onkel Arne auf und holte sich eine Büchse Bohneneintopf aus dem Schrank. Nun ja, so viel zum Thema »Ich bin eigentlich schon fast satt!« Jackie seufzte und aß dann weiter ihre Röllchen.

Kaum hatte Onkel Arne einen Teller mit heißem Eintopf vor sich, war er wieder bester Laune.

»Tja, Jackie, was hast du denn heute noch vor, wenn das mit eurem Ausflug nun nichts geworden ist? Willst du vielleicht doch noch mit mir aufs Feld?«, fragte er.

»Hm ... Ja, vielleicht ... Ich kann Jori einfach nicht verstehen! Gestern war er noch so gut drauf und so nett. Er hat sogar gesagt, dass ihm das richtig gut getan hätte, mal wieder so locker zu plaudern, und dass gestern seit langem der schönste Nachmittag für ihn gewesen sei! Und heute? Da war er so deprimiert und hat mich einfach wieder nach Hause geschickt! Der Typ ist mir echt ein Rätsel! Kannst *du* dir erklären, warum er heute so drauf war?« Jackie sah Onkel Arne erwartungsvoll an.

»Hm ... Vielleicht ist ihm einfach irgendetwas Wichtiges dazwischengekommen«, vermutete Onkel Arne.

»Nee, glaube ich nicht ... Er wirkte voll bedrückt ... so, als würde es ihm irgendwie schlecht gehen ... Aber eigentlich hätte er mir das doch sagen können, oder?«, meinte Jackie.

»Tja, wer weiß, was mit ihm los ist ... Wenn du mich

fragst, dann solltest du Jori einfach vergessen. Es gibt noch so viele andere nette Leute hier im Ort! Tom, zum Beispiel – ein Nachbarsjunge –, der ist so in deinem Alter! Mit dem könntest du doch mal was unternehmen, dann kommst du auf andere Gedanken!«, schlug Onkel Arne vor.

»Nee, danke, kein Interesse ... Ich will nur Jori kennen lernen, sonst keinen!«, antwortete Jackie entschieden.

»Aber wenn er doch offenbar kein Interesse mehr daran hat ... Was ist denn so Besonderes an diesem Jori?«, fragte Onkel Arne.

»Er ist ... Er ist einfach voll nett!«, meinte Jackie.

»Andere Leute sind doch auch nett! Ich, zum Beispiel!«, grinste Onkel Arne.

»Ja, klar, aber ... Ach, lass uns einfach das Thema wechseln, ja? Was machst du denn da eigentlich auf dem Feld?«

Nun erzählte Onkel Arne, was er noch zu tun hatte und von den Vorzügen seines neuen Traktors. Jackie interessierte das nicht die Bohne, und sie dachte, während sie mit halbem Ohr zuhörte, nur über eine Frage nach: Was war bloß mit Jori los?

Jackie saß in ihrem Zimmer am Fenster und betrachtete den herrlichen Sonnenuntergang. Onkel Arne hatte nicht übertrieben, das sah wirklich genial aus! So etwas kannte sie sonst nur von Postkarten! Eigentlich war es wirklich schön hier auf dem Land.

In Gedanken durchlief Jackie noch einmal den Nachmittag. War schon cool, dass Onkel Arne sie mit dem großen Traktor fahren ließ! Er schien wirklich viel Vertrauen zu ihr zu haben! Echt nett, der Mann – und das nach dem

Streit von heute Morgen! Onkel Arne war schon schwer in Ordnung.

Inzwischen war die Sonne hinter den Bäumen verschwunden und nur das Abendrot war noch zu sehen. Was Jori jetzt wohl machte? Ob er immer noch so bedrückt war? Jackie seufzte. Wenn sie ihm bloß helfen könnte! Sie war sich jedenfalls sicher, dass ihm irgendein Problem zu schaffen machte. *Deshalb* wollte er heute keinen fröhlichen Ausflug machen! Einen anderen Grund konnte es doch nicht geben, wenn es nicht an ihr lag, wie Jori ihr ja versichert hatte, oder? Wenn sie nun herausbekam, wo sein Problem lag, konnte sie ihm doch vielleicht helfen ...! Auf jeden Fall würde sie morgen wieder zu ihm gehen. Sie würde sich nicht wieder abwimmeln lassen, sondern ganz direkt nach seinem Problem fragen. Vielleicht brauchte Jori einfach mal jemanden, mit dem er offen über alles reden konnte ...

»Jackie, hast du Lust, dass wir es uns noch bei einem Krimi mit Tee und Keksen gemütlich machen?«, hörte sie Onkel Arne von unten rufen.

»Ja, ich komme!«, rief sie zurück.

Es war schon fast halb zehn, als Jackie am nächsten Morgen aufwachte. Kein Wunder! Bis weit nach Mitternacht hatte sie noch mit Onkel Arne über alte Zeiten geredet, vor allem über die Zeit, als Onkel Arne noch in Joris Jugendkreis gegangen war. Schien eine tolle Zeit gewesen zu sein. Onkel Arne hatte das jedenfalls behauptet, obwohl er im Gegensatz zu Mama nie wirklich an Gott geglaubt hatte. Jackie sah auf ihre Uhr. Jetzt aber raus aus den Federn, schließlich hatte sie heute noch was vor!

Etwa eine Stunde später stand sie vor Joris Haus. In der Hand hatte sie ein Paket Erdbeereis. Der Trick mit dem Eis funktionierte bestimmt! Jackie atmete noch einmal tief durch und klingelte dann ausdauernd. Nach einer Weile hörte sie Schritte.

»Du?«, fragte Jori erstaunt, als er die Tür geöffnet hatte.

»Ja, ich! Ich muss dringend mit dir reden! Ich habe uns Eis mitgebracht – bei Eis redet es sich am besten!«, grinste Jackie.

»Was möchtest du denn mit mir besprechen?«, fragte Jori, der noch immer etwas geplättet zu sein schien.

»Sage ich dir drinnen!«, meinte Jackie. »Ist aber wichtig!«

»Na, komm rein«, sagte Jori mit einem Seufzer. Das ließ sich Jackie nicht zweimal sagen. Zielstrebig ging sie in die Küche und setzte sich an den Tisch.

»Was gibt es denn so Dringendes?«, fragte Jori, der stehen blieb.

»Setz dich erst mal und gib uns Löffel zum Essen!«, bat Jackie.

»Ach, behalt das Eis doch lieber für dich und deinen Onkel. Mir ist nicht nach Eis zumute!«, erwiderte Jori.

»Aber es schmilzt, wenn wir es nicht essen!«, wandte Jackie ein.

»Ich kann es solange in den Gefrierschrank legen, wenn du willst«, schlug Jori vor.

»Nee, lass mal, dann esse *ich* wenigstens was davon, wenn du schon nicht willst«, entschied Jackie. »Hast du vielleicht einen Löffel für mich?«

»Ja, natürlich«, sagte Jori, gab Jackie einen Löffel und setzte sich dann zu ihr. Jackie begann das Eis zu essen, während Jori sie erwartungsvoll ansah. »Du bist schon ein merkwürdiger Mensch!«, sagte er kopfschüttelnd. »Mich hat noch nie jemand mit einem Paket Erdbeereis besucht, um es bei mir zu essen!«

»Irgendwann ist immer das erste Mal!«, grinste Jackie, dann wurde sie wieder ernster. »Aber warum ich eigentlich gekommen bin ... Also, ich will gerne mal wissen, warum du gestern so komisch warst! Ich meine, vorgestern, da warst du noch voll gut drauf und alles war super und nur einen Tag später machst du voll einen auf deprimiert und schickst mich wieder weg! Das ist doch nicht normal, oder?«

»Nein, wahrscheinlich nicht ...«, gab Jori zu. »Ich sollte dir das vielleicht wirklich erklären ... Ich ... Na ja, ich war gestern am Grab meiner Frau. Ich musste die Blumen gießen, weil es doch zurzeit so trocken ist. Als ich da so am Grab stand, da ... Tja, wie soll ich das jetzt ausdrücken? Ich kam mir irgendwie ... so schäbig vor, dass ich mir einfach einen schönen Tag machte, nachdem sie bei diesem schrecklichen Unfall ums Leben kam! Ich hatte irgendwie ... ein schlechtes Gewissen ... Verstehst du, was ich meine?«

»Hm ... Aber der Unfall, der ist doch schon zwei Jahre her! Also, das hat Felix mir jedenfalls erzählt. Ich meine, wenn das nun vor *einer Woche* passiert wäre, könnte ich das ja noch verstehen, aber nach *zwei Jahren* ...? Ist das nicht etwas übertrieben? Du kannst doch jetzt nicht bis an dein Lebensende deprimiert durch die Gegend laufen und dir nichts mehr gönnen! Das macht deine Frau doch auch nicht wieder lebendig!«, warf Jackie ein.

»Das kannst du nicht verstehen, Jackie«, erwiderte Jori, »aber akzeptier es einfach so.«

»Hm ... Ich finde das aber total blöd. Ich bin sicher, deine Frau hätte das auch nicht gewollt! Als mein Opa gestorben ist, da war ich erst auch voll traurig und habe geheult und so. Mein Opa war nämlich schwer in Ordnung und hatte immer Zeit für mich. Deshalb war ich auch ganz schön fertig, als er so plötzlich starb. Aber irgendwie geht das Leben auch weiter! Man kann sich doch deswegen nicht immer verkriechen, oder?« Jackie dachte nicht daran, Joris merkwürdige Ansicht so einfach hinzunehmen.

»Mit meiner Frau war das aber noch ein bisschen anders als bei deinem Opa. Bitte lass es einfach damit gut sein und akzeptier das so!«, bat Jori.

»Wo ist denn da der große Unterschied zwischen deiner Frau und meinem Opa? Ich hatte meinen Opa auch total lieb, das kannst du mir glauben«, wandte Jackie ein.

»Es gibt trotzdem einen gravierenden Unterschied, aber das kann ich dir nicht erklären«, gab Jori zurück. »Bitte geh jetzt, ich möchte alleine sein!«

»Ich kann dich echt nicht verstehen, Jori! Können wir nicht wenigstens noch ein bisschen miteinander reden? Wir müssen ja auch nichts besonders Lustiges machen, wenn du davon ein schlechtes Gewissen kriegst«, meinte Jackie nun. Sie wollte auf keinen Fall jetzt nach Hause fahren, denn wer konnte schon wissen, ob Jori sie dann überhaupt noch einmal hereinließ?

»Bitte geh jetzt! Und ich glaube, du solltest besser auch nicht wiederkommen! Ich wünsche dir noch schöne Ferien!« Jori ging zur Tür und hielt sie demonstrativ auf. Jackie stand auf, ließ den Rest des Erdbeereises auf dem Tisch und sagte enttäuscht: »Dann geh ich eben wieder ... Den Rest des Eises kannst du behalten ...« Bevor sie das

Haus verließ, meinte sie noch: »Ich kann dich echt nicht verstehen! Und ich finde das total blöd von dir – ich mag dich nämlich richtig gerne!«

Jori erwiderte nichts, sondern lächelte nur ganz kurz. Dann schloss er die Tür hinter ihr.

Während Jackie nach Hause fuhr, konnte sie ihre Tränen nur mühsam zurückhalten. Warum war das, was so verheißungsvoll begonnen hatte, nun offenbar schon so schnell wieder vorbei? Das durfte einfach nicht sein! Aber was konnte sie jetzt noch tun? Im Grunde gab es jetzt nur noch eine Möglichkeit, um den Kontakt wieder »in Gang zu bringen«: Sie musste Jori den Brief und das Foto zeigen! Aber wie würde er darauf reagieren?

12 | **KONFRONTATION**

Selten hatte Jackies Herz so gerast wie in diesem Moment. Noch nie war sie so aufgeregt gewesen. Gleich würde die ganze Wahrheit ans Licht kommen! Die halbe Nacht hatte sie sich ausgemalt, wie das Gespräch verlaufen würde. Jeder Satz war quasi schon genau geplant. Das Ganze würde in drei Phasen ablaufen. Phase 1: Jackie zeigte ihm das Foto. Phase 2: Jori bekam den Brief zu sehen. Phase 3: Jori erfuhr, dass Jackie seine Tochter war. Am besten gefiel Jackie das Ende des Gesprächs, wenn Jori ihr mit Freudentränen in den Augen um den Hals fallen und rufen würde: »Du bist meine Tochter? Ich kann es nicht fassen! Du glaubst gar nicht, wie glücklich du mich machst!« Wahlweise konnte er auch sagen: »Das ist der schönste Tag meines Lebens, Jackie! Ich habe mir schon immer eine Tochter wie dich gewünscht!« Die letztere Version gefiel Jackie sogar noch besser. Auf jeden Fall würde es ein richtig schönes Happyend geben und Jori würde endlich mit seiner Dauertrauer aufhören, weil er nun ja nicht mehr alleine war, sondern sozusagen wieder eine kleine Familie hatte. Mehr oder weniger.

Jackie stand vor Joris Haustür und ihre Hände krampften sich förmlich zusammen. Sie atmete tief durch. Dann drückte sie auf die Klingel. Sie wartete eine Weile, doch es tat sich nichts. Auch ein zweites und sogar ein lang anhaltendes drittes Klingeln riefen keine Reaktion hervor. Vermutlich hatte Jori sie schon durch das Fenster gesehen und machte deshalb nicht auf. Aber davon ließ sich jemand wie sie natürlich nicht abschrecken.

»Jori, ich muss unbedingt mit dir reden! Bitte! Ein letztes Mal! Es ist ganz furchtbar wichtig, ehrlich!«, rief sie durch die geschlossene Tür und klopfte dagegen.

»Was ist denn passiert?«, hörte sie plötzlich jemanden hinter sich. Erschrocken drehte sie sich um. Hinter ihr stand Jori mit zwei Einkaufstüten in der Hand.

»Puh, hast du mich erschreckt! Ich habe dich gar nicht gehört!«, sagte Jackie erleichtert. »Ich muss dir unbedingt was zeigen! Ist was ganz Privates! Und bitte, schick mich nicht weg! Das Ganze ist für mich superwichtig! Deshalb wollte ich dich auch kennen lernen ...«

»Na, dann komm erst mal mit in die Küche!«, meinte Jori lächelnd und schloss die Haustür auf.

In der Küche begann er einige Lebensmittel in den Kühlschrank einzuräumen, während Jackie sich auf die Küchenbank setzte. Kurz darauf setzte sich Jori zu ihr.

»Nun erzähl mal, was los ist«, forderte er Jackie auf.

Jackie holte den Brief (das heißt, eine Kopie davon, das Original hatte sie sicherheitshalber zu Hause gelassen) und das Foto hervor und reichte Jori zunächst nur das Foto. »Das habe ich auf unserem Dachboden gefunden. Der Mann bist du, oder?« Gespannt wartete sie auf seine Reaktion.

Jori lächelte. »Ja, stimmt. Das ist aber schon eine ganze Weile her. Müssen fast zwanzig Jahre sein! Die Frau war eine Karin Sörensen, meine Mitarbeiterin im Jugendkreis. Ein sehr nettes Mädchen. Sie hat dann aber geheiratet und ist weggezogen«, erklärte Jori. Jackie war einigermaßen erstaunt. Dafür, dass er wahrscheinlich mehrere Jahre mit Mama fest zusammen gewesen und dann von ihr betrogen worden war, sprach er doch ziemlich cool und allgemein von ihr. Vielleicht konnte er sich aber auch nur gut verstellen. Warum sollte er auch einem mehr oder weniger fremden Mädchen die tragische Geschichte seiner Jugendliebe erzählen? Das war ja wirklich etwas sehr Privates!

»Die Frau ist meine Mutter! Aber sie heißt jetzt Karin Jackesch!«, rutschte es Jackie da raus. Ach Mist, der Satz war doch noch gar nicht dran gewesen! Jetzt hatte sie alles verpatzt! Vielleicht hätte Jori sonst doch noch von seiner Romanze mit Mama erzählt ... Na ja, zu spät. »Wirklich?«, rief Jori erstaunt. »Ja, jetzt, wo du es sagst ... Du siehst ihr sogar ziemlich ähnlich! Na, das ist ja was! Ich hätte auch nicht gedacht, dass eines Tages Karins Tochter bei mir aufkreuzt und mich kennen lernen will! Wie geht es deiner Mutter denn jetzt?« Aha, er interessierte sich also doch noch für sie! Immerhin!

»Ach, uns geht es gut! Mama arbeitet bei einer Werbefirma und Papa ist Manager und eigentlich nie zu Hause«, erklärte Jackie. »Hm ... Hattest du mal was mit meiner Mutter laufen, Jori?«, fragte Jackie nun klar heraus und sah ihm dabei erwartungsvoll direkt in die Augen.

»Du meinst was Festes?«, fragte Jori erstaunt. Jackie nickte. »Nein, wir haben uns nur gut verstanden, sonst nichts. So ein bisschen wie Geschwister vielleicht. Sie kam öfter mal zu mir, wenn sie Probleme hatte. Das Foto ist auf einer Freizeit entstanden, da hat uns ihre Freundin einfach mal fotografiert. Das hat aber nichts weiter zu bedeuten. Hast du wegen dieses Fotos gedacht, dass ich mal der feste Freund deiner Mutter war? Wolltest du mich etwa deshalb kennen lernen?«, fragte Jori nun.

»Nee, nicht nur deswegen«, erwiderte Jackie. Sie schob

Jori den Brief hin, den sie noch immer halb versteckt in der Hand gehalten hatte, und fragte so ruhig wie möglich: »Ist dieser Brief von dir?«

Jori las den Brief durch. Offenbar mit zunehmendem Erstaunen. Dann lächelte er plötzlich, als sei ihm eine Erleuchtung gekommen. »Woher hast du den Brief?«, fragte er.

»Der war auch auf dem Dachboden, zusammen mit dem Foto. Ist er von dir?«, kam Jackie zu ihrer Frage zurück. Sie konnte ihre innere Anspannung kaum noch ertragen. Mann, war das alles aufregend!

»Ja, er ist von mir!«, antwortete Jori ganz ruhig. Jackie schlug sich geistig ins Fäustchen. Ha, sie hatte es doch gewusst! Dann war doch alles klar – vielleicht bis auf die Frage, ob …

»Aber es ist nicht so, wie du offenbar denkst, Jackie«, unterbrach Jori ihre Gedanken. »Ich musste eben erst mal selbst überlegen, warum ich so etwas mal geschrieben habe, aber jetzt ist es mir wieder eingefallen. Du kannst mir glauben, ich hatte nie eine feste Beziehung zu deiner Mutter, der Brief ist aus einem ganz anderen Grund geschrieben worden!«

Jackie war wie vor den Kopf geschlagen. Ihre Gefühle fuhren Achterbahn. Was sollte das heißen? Wer jemandem so einen Liebesbrief schrieb, musste doch wohl fest mit ihm zusammen gewesen sein, oder? Einen anderen Grund gab es da doch wohl kaum. Warum leugnete Jori jetzt seine Beziehung zu Mama, wo er doch zugegeben hatte, den Brief geschrieben zu haben?

»Was meinst du damit? Aus welchem Grund schreibst du denn sonst solche Liebesbriefe? Oder sollte das ein Scherz sein?« Jackie sah ihn fragend an.

»Nein, ein Scherz war das ganz sicher nicht ... Ich kann dir das nicht erklären, Jackie. Ich glaube, das wäre deiner Mutter nicht recht. Am besten fragst du deine Mutter danach. Wenn sie es für richtig hält, wird sie dir schon alles sagen«, antwortete Jori zögernd.

»Warum kannst *du* mir das denn nicht sagen?«, fragte Jackie.

»Weil es nicht nur mit mir und deiner Mutter zu tun hat, sondern auch mit deinem Vater. Und ich möchte nicht darüber reden, ohne dass deine Mutter damit einverstanden ist. Ich weiß, das alles hört sich merkwürdig an, aber glaub mir bitte einfach! Frag deine Mutter! Du wirst sehen, dann wird sich alles aufklären! Auf jeden Fall kann ich dir versichern, dass zwischen deiner Mutter und mir nie etwas Festes gelaufen ist«, erklärte Jori, und er sagte es so überzeugend, dass auch Jackie ihm glauben musste. »Aber ich verstehe natürlich, dass es für dich so aussehen musste! Tut mir wirklich Leid, dass dich dieser Brief so in die Irre geführt hat. Tja, jetzt hast du mich ganz umsonst gesucht, was? Aber immerhin kannst du ja jetzt erleichtert und froh sein, dass deine Mutter keine Affäre hatte, als sie schon mit deinem Vater zusammen war.«

Jackie sah zu Boden. Ein paar Tränen liefen ihr übers Gesicht. Doch es waren alles andere als Freudentränen. Sie war nur noch enttäuscht, unendlich enttäuscht. Sollte das wirklich wahr sein, dass Jori gar nicht ihr Vater war? So sehr sie sich zu Beginn noch gegen diesen Gedanken gesträubt hatte, so sehr hatte sie sich inzwischen darüber gefreut, einen Vater wie Jori zu haben. Einen, der sie ernst nahm und mit dem man über alles reden konnte! Einer, der einfühlsam war und witzig – ein Vater, auf den jeder stolz gewesen wäre! Und jetzt? Ihr schöner Traum war mit einem Schlag zerplatzt wie eine kunterbunte Seifenblase, die jemand grob mit nur einem Finger zerstört hatte.

»Jackie? Du weinst ja!«, meinte Jori jetzt fast erschrocken. »Was ist denn los? Bist du nicht froh, dass deine Mutter nicht fremdgegangen ist?«

Jackie schüttelte den Kopf. »Ich war mir so sicher gewesen, dass du mein Vater bist!«, heulte sie los. »Mama war doch mit mir schwanger, als sie heiratete, und da dachte ich ... dass vielleicht du ... Ich finde, du siehst mir auch ziemlich ähnlich!« Jori reichte Jackie ein Taschentuch und nahm sie halb in den Arm.

»Oh Mann, Jackie! Jetzt wird mir alles klar! Deshalb der ganze Aufwand!«, murmelte er. »Aber Jackie, du *hast* doch einen Vater! Und der hat dich bestimmt wahnsinnig lieb!«

Jackie schüttelte energisch den Kopf und schniefte: »Nee, der liebt nur sich selbst! Er interessiert sich nicht die Bohne für mich und Mama ... Er ist das Gegenteil von dir! So viel, wie wir in der Eisdiele miteinander geredet haben, redet mein Vater mit mir nicht in sechs Monaten! Ich war mir so sicher, dass du mein Vater bist, Jori!« Jackie lehnte sich an Joris Schulter und Jori umarmte sie. So saßen sie eine Weile da. Das tat gut. So in etwa hatte sich Jackie die Szene ja vorgestellt – nur mit einem völlig anderen Ergebnis.

»Das tut mir wirklich Leid für dich, Jackie! Ich wünschte, ich könnte dir irgendwie helfen!«, sagte Jori schließlich.

»Ist schon gut ... Mir tut es auch Leid ... Ich muss dir ja ... ziemlich schräg vorgekommen sein, was?«, schniefte Jackie und wischte sich die Tränen ab.

»Tja, könnte man so sagen«, lächelte Jori.

»Aber ich finde wirklich, dass du voll nett bist!«, meinte Jackie nun.

»Danke, du bist auch sehr nett«, gab Jori das Kompliment zurück. »Etwas ungewöhnlich vielleicht, aber nett. Immerhin bist du die Erste seit zwei Jahren, die es geschafft hat, mich in eine Eisdiele zu bringen!«

Jackie grinste. »Ich fand es auch echt toll mit dir! Schade, dass du so was nicht mehr willst ...« Sie seufzte. »Ich hatte mich so gefreut, endlich jemanden gefunden zu haben, mit dem man ganz locker über alles reden kann und so ...«

»Na ja ... Du kannst mich trotzdem mal besuchen und wir können miteinander reden, wenn du willst«, schlug Jori jetzt vor.

»Ehrlich?«, hakte Jackie nach.

Jori nickte. »Ja, komm, wann immer du willst!«, sagte er ruhig. Jackie lächelte.

»Danke, das ist echt nett! – Kannst du mir nicht doch sagen, warum du Mama damals den Brief geschrieben hast?«, bohrte sie noch einmal nach.

»Ich glaube nicht, dass das so gut wäre. Aber ist das denn wirklich so furchtbar wichtig? Die Hauptsache ist doch, dass du jetzt weißt, dass zwischen deiner Mutter und mir nie eine feste Beziehung bestand. Alles andere ist doch egal!«, wehrte Jori ab.

»Ich würde es aber trotzdem gerne wissen! Ich verpetze dich auch nicht bei Mama! Ehrenwort!«, versprach Jackie.

Jori lächelte. »Ich kann genauso stur sein wie du bei dem Blumenstrauß! Von mir erfährst du nichts! – Aber mal was anderes, ich sehe gerade, dass es gleich elf Uhr ist, und da habe ich einen Zahnarzttermin! Hatte ich total vergessen! Sei mir nicht böse, Jackie, aber wir müssen ein andermal weiterreden, ich muss jetzt los!« Jori stand auf und Jackie folgte ihm zur Tür.

»Machs gut, Jackie!«, verabschiedete sich Jori.

»Du auch! Und danke!«, erwiderte Jackie und umarmte Jori zum Abschied noch einmal. Dann fuhr sie davon.

Jackie war noch ziemlich durcheinander, als sie nach Hause kam. Diese neue Situation musste sie erst einmal verdauen. Auf dem Küchentisch lag ein Zettel von Onkel Arne: »Esse Mittag auf dem Feld. Mach dir 'ne Büchse auf! Guten Appetit! Onkel Arne« Daneben stand eine Büchse mit Hühnersuppe. Nicht gerade Jackies Leibgericht. Aber sie hatte eh keinen Hunger. Dazu war sie viel zu aufgewühlt. Sie lief in ihr Zimmer, legte sich auf das alte Bett und starrte an die Decke. Sie musste ihr Weltbild wieder völlig neu ordnen. Irgendwie hatte sie das Gefühl, dass sie an diesem Morgen einen Vater verloren, aber einen Freund gefunden hatte. Es war völlig anders gekommen, als sie gedacht hatte – aber war das jetzt wirklich schlechter? Eigentlich nicht, wenn sie so darüber nachdachte. Jori war echt klasse! Er hätte sie ja auch auslachen können, weil sie sich so etwas Verrücktes zusammengesponnen hatte, dass er ihr Vater sein könnte. Stattdessen hatte er sie in den Arm genommen, getröstet und ihr versprochen, auch weiterhin für sie da zu sein. Das war schon richtig klasse! Nur eines wurmte sie: Warum wollte Jori ihr nicht sagen, was es mit dem Brief auf sich hatte? Ob er sie am Ende doch belogen hatte und nur eine Beziehung zu Mama nicht zugeben wollte, um sie nicht zu verletzen? – Nee, dafür hatte er zu überzeugend gewirkt! Aber warum sollte man sonst so einen Brief an jemanden schreiben, wenn man nie etwas mit ihm oder ihr laufen hatte? Das machte doch keinen Sinn, oder?

Jori hatte gesagt, Jackie solle ihre Mutter fragen. Mama würde bestimmt stocksauer werden, wenn sie erfuhr, dass Jackie in ihren Sachen geschnüffelt hatte. Andererseits wollte Jackie endlich wissen, was das alles zu bedeuten hatte. Sie hatte das sichere Gefühl, dass irgendetwas Dramatisches dahintersteckte – sonst hätte Jori ihr ja auch alles erzählen können. Ihr Entschluss stand fest: Heute Abend, wenn Mama von der Arbeit zurück war, würde sie sie anrufen und fragen!

13 | GEHEIMNISSE

Immer wieder sah Jackie zur Uhr, während sie ihr Handy ans Ohr hielt. Jetzt musste Mama doch endlich zu Hause sein! Schon dreimal hatte sie versucht, Mama zu erreichen, aber nie hatte sie abgenommen. Wenn Jackie Pech hatte, war Mama gleich nach der Arbeit mit ihrer Kollegin Mira in irgendein Lokal verschwunden, um sich »einen netten Abend zu machen«. Dann war sie nicht vor Mitternacht zu Hause. Aber man musste ja nicht gleich das Schlimmste befürchten.

»Jackesch!« Endlich!

»Hallo, Mama, ich bins«, meldete sich Jackie. »Wie geht es denn so?«

»Ach, Jackie! Och, mir geht es gut, und dir? Schon gemolken?«, fragte Mama fröhlich. Sie schien gute Laune zu haben. Das war schon mal nicht schlecht – vielleicht würde sie ja wirklich mit der Wahrheit herausrücken!

»Nee, aber ich bin schon mit Onkel Arnes neuem Traktor gefahren! Macht echt Spaß!«, antwortete Jackie. »Kannst du mich mal zurückrufen? Vom Handy ist das so teuer, und ich habe nicht mehr viel Geld auf der Karte!«, bat sie dann.

»Ja, natürlich, also bis gleich!«, sagte Mama, legte auf und wählte Jackies Nummer.

»Ja, da bin ich wieder«, meldete sich Jackie. »Du, ich muss unbedingt was mit dir besprechen. Setz dich mal irgendwo gemütlich hin, kann länger dauern!«

»Oha! Was hast du denn vor?«, erwiderte Mama grinsend.

»Also, erst mal muss ich dir was beichten!«, gestand Jackie.

»Hast du den Traktor kaputtgefahren? Mach dir keine Sorgen, das zahlt unsere Versicherung bestimmt!«, meinte Mama.

»Nee, ist was ganz anderes ... Also ... ich bin nicht *zufällig* hier oder weil ich Kühe melken will oder so ...«, begann Jackie.

»Sondern?«, kam es erstaunt vom anderen Ende.

»Also, ich war neulich auf unserem Dachboden, weil ich was gesucht habe ... und da wollte ich was vom Schrank holen und dabei fiel dann so ein Karton runter mit Briefen und Muscheln und so ... und da habe ich ein paar Briefe gelesen!«, beichtete Jackie.

»Du meinst doch nicht etwa die Briefe, die ich von Papa aufgehoben habe, oder?«, kam es vom anderen Ende.

»Doch, genau die. Aber ich habe nicht viele davon gelesen, nur zwei oder so ... Schlimm?«, fragte Jackie etwas zerknirscht.

»Na ja, toll finde ich das nicht gerade, dass du in meinen Sachen rumschnüffelst! *Du* hättest da doch gleich einen Mordsaufstand gemacht, wenn ich so was bei dir machen würde!«, behauptete Mama.

»Gar nicht wahr! Wenn das so alte Briefe wären, dann ...«

»Ich darf dich nur mal an die Sache mit deinem Tagebuch erinnern! Da hast du getobt wie eine Irre, nur weil ich mal flüchtig reingeschaut habe!«, fiel ihr Mama ins Wort. Das Tagebuch! Ha, jetzt hatte sie sich selbst eine Falle gestellt!

»Das Tagebuch, genau! Du schnüffelst ja auch in meinen Sachen, also dachte ich mir, da kann ich das auch mal machen!«

»Gut, vergessen wir das Ganze. Aber was hat das jetzt mit Onkel Arne zu tun?«, wollte Mama nun wissen.

»Also, ich habe da auch ... einen Liebesbrief von Jori Janssen gefunden und ein Foto, auf dem er dich im Arm hält. Und deshalb wollte ich Jori suchen und bin hierher gefahren, weil ich dachte, dass Onkel Arne vielleicht mehr darüber weiß ...«, erklärte Jackie zögernd und wartete gespannt auf die Reaktion. Und die kam auch prompt. Und zwar heftig!

»Von Jori?«, rief Mama erschrocken. Nach der ersten Schrecksekunde wurde sie offenbar richtig sauer. »Jetzt reicht es mir aber wirklich! Ist ja schon schlimm genug, dass du Papas Briefe gelesen hast, aber das mit Jori geht dich nun absolut nichts an, Fräulein! Das ist ja wohl das Allerletzte! Na, du kannst dich auf was gefasst machen, meine Liebe! Einfach so in meinen Sachen zu kramen und dich in mein Leben einzumischen! Und dann noch hinter meinem Rücken! Und mir lügst du vor, du willst Kühe melken! Du bist ein durchtriebenes Miststück, Jorine, und du kommst auf der Stelle nach Hause! Sofort! Hast du verstanden!«, brüllte sie in den Hörer.

Jackie hielt ihren Hörer etwa einen Meter von ihrem Ohr weg und sagte ganz abgehackt: »Was ... du gesagt? Ich ... dich plötzlich ... verstehen ... Empfang schlecht ...« Dann legte sie auf und schaltete sicherheitshalber das Handy ganz aus. Sie atmete tief durch. Dass Mama nicht gerade begeistert sein würde, hatte sie erwartet, nicht aber, dass sie derart krass reagieren würde. Da schien sie ja direkt in ein Wespennest, nein, in ein *Hornissen*nest gestochen zu haben! Mama würde sie über die Sache mit Jori jedenfalls nicht aufklären, soviel stand wohl fest. Doch natürlich war sie jetzt umso neugieriger, was es mit diesem Brief auf sich hatte. Wenn diese Sache bei Mama so starke Emotionen auslöste, musste doch weit mehr dahinterstecken als irgendeine harmlose Erklärung. Na ja, wenn die Sache so harmlos wäre, hätte Jori ihr sicher auch schon alles erzählt ... Jori! Der war jetzt noch der Einzige, der alles aufklären konnte. Und das *musste* er, das war er ihr schuldig, fand Jackie. Aber vermutlich würde er sich jetzt noch mehr weigern, das große Geheimnis zu verraten, wenn er erfuhr, dass Mama so wütend reagiert hatte. Aber andererseits – musste er das denn unbedingt wissen? Warum sollte man ihm das erzählen? Vielleicht konnte man Jori zum Reden bringen, wenn man einfach so tat, als wüsste man schon alles. Dieser Trick hatte schon öfter funktioniert. Warum nicht auch bei Jori? Oder sie würde einfach behaupten, Mama hätte gesagt, Jori solle ihr alles erklären! Genau, diese Idee war noch viel besser! Gleich morgen früh würde Jackie ihr Glück versuchen.

In diesem Moment klopfte es. Auf Jackies »Herein« steckte Onkel Arne den Kopf durch die Tür.

»Hallo, Jackie, sag mal, hast du Heinz-Otto gesehen? Ich habe ihn ein bisschen herumlaufen lassen und jetzt finde ich ihn nicht wieder«, sagte er etwas aufgeregt.

»Was?! Dein Dino läuft hier frei herum?!«, rief Jackie entsetzt.

»Keine Angst, war nur ein kleiner Scherz vor dem Schlafengehen«, beruhigte Onkel Arne sie grinsend und Jackie atmete auf. Manche Leute hatten schon eine selten dämliche Art von Humor!

»Eigentlich wollte ich dich nur fragen, ob du morgen

früh wieder mit aufs Feld willst«, meinte Onkel Arne nun.

»Nee, danke, ich habe mir schon was anderes vorgenommen!«, meinte Jackie.

»Na gut, wie du willst. Am besten bestellst du dir mittags wieder was vom Pizza-Service oder machst dir eine Büchse auf. Ich werde wohl das schöne Wetter nutzen und durcharbeiten«, erklärte Onkel Arne noch. »Also dann, gute Nacht!«

»Ja, gute Nacht!«

Es war noch ziemlich früh, als Jackie am nächsten Morgen aufbrach. Zwar hatte sie wieder die halbe Nacht nicht geschlafen (sie hatte stundenlang wach gelegen und über Jori und den Brief nachgegrübelt), aber sie konnte ihre Neugier nicht mehr aushalten. Sie wollte endlich wissen, was los war. Beim Frühstück – bei dem sie allein war, denn Onkel Arne war schon auf dem Feld – las sie immer wieder den Brief durch, den Jori einst an Mama geschrieben hatte. Warum schrieb jemand so einen komischen Brief, wenn er nicht mit Mama zusammen gewesen war? Das wollte nicht in ihren Kopf rein. Das ergab doch alles keinen Sinn! Sie war wirklich ziemlich gespannt darauf, was Jori ihr dazu sagen würde!

Keine Stunde später war Jackie bereits in Bletau angekommen und stand vor Joris Haustür. Sie klingelte Sturm und spürte mal wieder, wie sich ihr Magen vor Aufregung verkrampfte. Als nach einer Weile noch immer keine Reaktion kam, rief sie laut: »Jori, ich bins, Jackie!« Sie klingelte noch einmal, doch es nützte nichts. Ob Jori wieder nicht zu Hause war? Aber wo sollte er um kurz nach neun schon sein? Na ja, vielleicht machte er ja Frühsport und joggte gerade eine Runde ... Jackie entschloss sich, ein bisschen durch die Gegend zu fahren und später noch einmal wiederzukommen. So fuhr sie durch die Straßen von Bletau und genoss es, dass um diese Zeit und hier am Ende der Welt außer ihr so gut wie kein Mensch unterwegs war. Nur ein paar Traktoren fuhren hin und wieder an ihr vorbei. Schien ziemlich viele Bauern hier zu geben. Da fiel ihr Blick auf einen Friedhof. Ob hier wohl Joris Frau lag? Bestimmt! Da sie sich sowieso irgendwie die Zeit vertreiben musste, konnte sie sich das Grab ja eigentlich mal anschauen. Jackie ließ also ihr Fahrrad stehen und ging zum Friedhof. Einige Leute waren schon da und gossen die Blumen auf den Gräbern. Um diese Zeit war die Temperatur noch sehr angenehm. Heute würde es sicher wieder ziemlich heiß werden, zumindest hatten das die Meteorologen in den Nachrichten angekündigt. Jackie ließ ihren Blick über die Gräber schweifen. Da entdeckte sie Jori am anderen Ende des Friedhofs. Er stand vor einem Grab und hatte sie offenbar noch nicht bemerkt. Jetzt laut »Hallo, Jori!« zu rufen, war vielleicht nicht so angebracht, denn in der Nähe von Jackie stand eine alte Dame in Schwarz vor einem Grab und weinte. So ging Jackie langsam zu Jori hinüber. Als sie nur noch ein Stück von ihm entfernt war, hörte sie ihn reden. Unwillkürlich blieb sie stehen.

»... Sie hat so geweint, da habe ich ihr versprochen, dass sie jederzeit mit mir reden kann ... Sie tat mir Leid, Helma ... Ich habe schon so viel falsch gemacht, vielleicht kann ich jetzt einmal wieder etwas richtig machen ... auch wenn ich weiß, dass ich das nie wieder gutmachen kann, was ich dir und unserem Kind angetan habe!«, murmelte er. Offenbar sprach er mit seiner Frau. Jackie wusste nicht recht, was sie davon halten sollte. Ob Jori eben über *sie* geredet hatte? Und was hatte er damit gemeint, dass er seiner Frau etwas »angetan« hatte? Jackie entschloss sich, leise wieder vom Friedhof zu verschwinden, bevor Jori sie bemerkte. Es wäre ihm bestimmt nicht recht gewesen, zu wissen, dass sie ihn belauscht hatte. Vorsichtig ging sie zurück und fuhr kurz darauf weiter durch die Straßen. Doch Joris Worte hallten ihr noch im Ohr: »Ich habe schon so viel falsch gemacht, vielleicht kann ich jetzt einmal wieder etwas richtig machen ... auch wenn ich weiß, dass ich das nie wieder gutmachen kann, was ich dir und unserem Kind angetan habe!« Ob Jori seine Frau ... vielleicht mal misshandelt hatte? Oder betrogen? Jackie konnte sich so etwas von Jori absolut nicht vorstellen. Auch wenn sie ihn im Grunde noch gar nicht wirklich kannte, war sie sich doch sicher, dass er kein Schlägertyp war. Und wenn er seine Frau so sehr geliebt hatte, dann hatte er sie doch auch ganz bestimmt nicht betrogen, oder? Doch etwas wurde Jackie langsam klar: In dieser Sache musste der »gravierende Unterschied« zu anderen Todesfällen liegen, von dem Jori gesprochen hatte. Wenn man jemandem etwas Schlimmes angetan hatte und dieser Mensch dann plötzlich starb, ohne dass man sich mit ihm ausgesöhnt hatte, dann war das wahrscheinlich wirklich sehr schwer zu ertragen. Vielleicht wollte sich Jori jetzt selbst für seine »schlimmen Taten« bestrafen, indem er sich keine Freude mehr gönnte! Jackie hatte so einen ähnlichen Fall mal in einem Film gesehen. Da hatte auch ein Mann seine Frau nach Strich und Faden betrogen, obwohl er sie geliebt hatte, und dann starb sie plötzlich. Und da hatte der Mann die totale Krise bekommen. So ähnlich musste das bei Jori jetzt auch sein! Wenn sie ihm nur irgendwie helfen könnte! Aber wenn er wirklich etwas Fieses angestellt hatte, dann konnte sie ihm seine Schuldgefühle ja auch nicht nehmen ... Jackie seufzte. Warum war bloß immer alles so schwierig?

Inzwischen war sie wieder vor Joris Haus angekommen. Jori würde sicher bald kommen. Die paar Blumen zu gießen, dauerte ja nicht allzu lange. Jackie stellte also ihr Fahrrad ab und setzte sich vor Joris Haustür. So wartete sie. Die Minuten vergingen. Schließlich saß sie schon eine Stunde da. Wo blieb Jori denn bloß? Hm ... Vielleicht hatte er noch irgendeinen Termin oder war in die nächste Stadt gefahren oder so ... Mit einem Seufzer stand Jackie auf und machte sich auf den Rückweg. Es hatte ja keinen Sinn, hier ewig zu warten.

Als sie durch Waching fuhr, stoppte sie plötzlich. Der Mann, der da vorne seinen Rasen mähte, war doch dieser Leiter vom Jugendkreis, dieser ... Felix! Genau, Felix hieß er. Ob der vielleicht etwas Näheres über Jori und seine Frau wusste? Schließlich hatte er die beiden ja wohl gut gekannt, oder? Kurzerhand hielt Jackie an und rief: »Hallo, Felix!«

Felix stellte seinen Rasenmäher ab und kam auf sie zu: »Ach, hallo Jackie! Wie gehts?«

»Prima. Du, kann ich dich mal was fragen?«

»Na klar, schieß los«, lächelte Felix.

»Also, ich war eben bei Jori und ...«

»Bei Jori Janssen etwa?«, unterbrach Felix sie erstaunt.

»Genau bei dem. Wir haben uns ein bisschen angefreundet und da ...«

»Ihr habt euch angefreundet? Du und Jori? Das musst

du mir genauer erzählen! Hast du ein bisschen Zeit? Dann setzen wir uns hinten in den Garten und du erzählst mir alles, wenn du magst!«, schlug Felix vor.

Jackie zögerte einen Moment, dann nickte sie. »Okay, ich komme.«

Felix hörte mit wachsendem Erstaunen zu, was Jackie ihm erzählte. Und Jackie erzählte wirklich alles, angefangen von dem Brief und dem Foto bis hin zu dem belauschten »Gespräch« auf dem Friedhof. Es tat richtig gut, sich endlich mal alles von der Seele reden zu können. Felix konnte so gut zuhören! Der Typ war richtig klasse!

»Oh Mann, das ist ja echt der Hammer! Ich glaube, du bist seit dem Unfall der erste Mensch, der sozusagen emotional so nah an Jori rangekommen ist! Er muss dich irgendwie ziemlich gern haben. Aber ich finde es großartig, wenn du dich um ihn kümmerst!«, meinte Felix schließlich.

»Na ja, ich kümmere mich ja gar nicht um ihn«, wehrte Jackie ab, »ich will eigentlich nur wissen, was es mit dem Brief auf sich hat ... Inzwischen würde mich allerdings auch echt interessieren, warum Jori so komisch drauf ist und was da zwischen ihm und seiner Frau gelaufen ist, dass er sich jetzt keine Freude mehr gönnt und so ... Weißt du vielleicht etwas Näheres?«

14 | HINTERGRÜNDE

Felix lehnte sich zurück.

»Hm, ich weiß auch nicht, was Jori mit dem gemeint haben könnte, was er auf dem Friedhof gesagt hat. Vielleicht hast du dich ja auch verhört ...«, meinte er dann.

Jackie schüttelte den Kopf. »Nee, bestimmt nicht, ich bin mir ganz sicher! Jori muss irgendetwas Fieses gemacht haben!«

»Aber soweit ich weiß, war die Ehe der beiden sehr glücklich. Ich kann mir auch überhaupt nicht vorstellen, dass er Helma schlecht behandelt hat ...«, erwiderte Felix nachdenklich.

»Hm ... Vielleicht ... hat er es ja nicht mit Absicht gemacht!«, vermutete Jackie nun. »Kann doch sein, dass ihm irgendein tragischer Fehler passiert ist, ohne dass er es wollte ...«

»Hm, glaube ich eigentlich nicht ... Also, ich weiß jedenfalls nichts von so einem Fehler«, zweifelte Felix.

»Könnte es sein, dass Jori den Unfall vielleicht verschuldet hat, bei dem seine Frau starb? Also, dass er selbst am Steuer saß und vielleicht betrunken war oder so?«, überlegte Jackie weiter.

»Nein, ausgeschlossen! Als Helma den Unfall hatte, war Jori gerade bei einem aus unserer Gemeinde zum Geburtstagsbesuch. Helma war alleine im Auto, als sie mit dem Lastwagen zusammenprallte!«, erklärte Felix.

»Tja, dann weiß ich auch nichts mehr ...«, seufzte Jackie.

»Hm ... Auf alle Fälle solltest du an Jori dranbleiben. Ich bin sicher, es tut ihm gut, wenn er öfter mal Besuch bekommt und mit jemandem reden kann. Er kapselt sich ja ansonsten ziemlich ab«, meinte Felix.

»Ja, ich wollte sowieso mit ihm in Kontakt bleiben. Ich finde ihn total nett! Ich wünschte bloß, ich könnte ihm irgendwie helfen!«, entgegnete Jackie.

»Ich denke, es hilft ihm schon viel, wenn du einfach für ihn da bist. Vielleicht erzählt er dir irgendwann auch, was damals wirklich passiert ist. Aber an deiner Stelle würde ich ihn nicht darauf ansprechen, sondern warten, bis er von selbst damit anfängt«, sagte Felix.

»Hm ... Mal sehen, was sich ergibt ... Ich glaube, ich fahre noch mal zu ihm hin. Bestimmt ist er inzwischen wieder zu Hause! Also, bis irgendwann dann mal wieder!«, erwiderte Jackie und gab Felix zum Abschied die Hand.

»Ja, bis irgendwann! Würde mich freuen, wenn du am Montag wieder zum Jugendkreis kommen würdest, falls du dann noch hier bist«, sagte Felix noch, bevor er sich wieder dem Rasenmähen zuwandte.

»Ja, mal sehen ...«, rief Jackie und fuhr los.

Einige Zeit später stand sie erneut vor Joris Haus und klingelte. Diesmal kam Jori sofort.

»Hallo!«, begrüßte er sie fröhlich. »Komm rein, Jackie!« Na, der schien ja schon wieder bedeutend besser drauf zu sein! Immerhin. Jackie folgte ihm in die Küche.

»Verstehe mich nicht falsch, ich finde es ja nett, dass du mich so oft besuchst, aber willst du in deinen Ferien nicht auch mal was anderes unternehmen?«, fragte Jori nun.

»Hm, was denn? Ich meine, so sehr viele Möglichkeiten außer Fahrrad fahren und Kühe melken gibt es hier ja nicht, oder?«, erwiderte Jackie. »Außerdem muss ich unbedingt mit dir reden!«

»Schon wieder so was Wichtiges?«, lächelte Jori. »Was ist es denn diesmal?«

»Dasselbe wie gestern! Also, wegen dem Brief … Meine Mutter meinte, *du* solltest mir das lieber erklären, du könntest das besser!«, log Jackie und sah Jori nicht an in der Hoffnung, dass er nicht bemerkte, wie aufgeregt sie war.

»*Das* hat sie gesagt? Das wundert mich aber«, meinte Jori etwas erstaunt.

»Tja, sie kann nicht so gut erklären und hatte auch keine Zeit …«, behauptete Jackie.

»Hm … Also gut, wenn deine Mutter wirklich will, dass ich dir alles erzähle, dann werde ich das jetzt tun. Jori setzte sich zu Jackie an den Küchentisch und atmete tief durch. Jackie konnte mal wieder ihre innere Anspannung kaum noch ertragen. Gleich würde sie endlich wissen, was dieser seltsame Brief zu bedeuten hatte!

»Und du bist wirklich sicher, dass deine Mutter einverstanden ist, wenn ich dir die ganze Geschichte erzähle?«, versicherte Jori sich noch einmal.

»Ja, klar, absolut sicher!«, sagte Jackie schnell. Jori sollte endlich anfangen zu erzählen!

»Also gut … Wie du schon weißt, haben deine Mutter und ich damals zusammen den Jugendkreis geleitet. Deine Mutter hatte wirklich eine gute Art, mit Jugendlichen umzugehen, und wir waren ein richtig gutes Team. Doch dann kam sie plötzlich immer seltener, sie sagte Vorbereitungstreffen ganz kurzfristig ab und irgendwann wollte sie schließlich gar nicht mehr mitarbeiten. Das hat mich sehr gewundert, denn ich hatte immer den Eindruck gehabt, dass ihr diese Sache viel Spaß machte. Ja, und als ich sie fragte, warum sie plötzlich so anders war, da hat sie gesagt, sie hätte einen neuen Freund. Und dieser Freund – dein Vater, Jackie – würde mit allem Christlichen sozusagen auf Kriegsfuß stehen. Und ihr Stefan hatte sie vor die Wahl gestellt: Entweder er oder ihr Glaube an Gott!«, erzählte Jori.

»Ist ja heftig! Aber passt irgendwie zu Papa!«, meinte Jackie.

»Tja … Deine Mutter hat sich dann für deinen Vater entschieden. Ich war darüber sehr traurig, nicht nur, weil sie eine wirklich gute Mitarbeiterin war … Deine Mutter war … ja, so ganz dabei gewesen, sie hatte ihren Glauben so ernst genommen, und nun warf sie alles über Bord …«, fuhr Jori fort.

»Na ja, aber ist doch eigentlich egal, ob man an Gott glaubt oder nicht – Hauptsache, man ist glücklich, oder?«, warf Jackie ein.

Jori schwieg und sah sehr ernst aus. Dann sagte er ruhig und doch irgendwie sehr bedrückt: »Ich glaube, ein Mensch, der einmal fest mit Gott gelebt hat und ihn dann verlässt, kann nicht mehr richtig glücklich werden …« Es klang fast so, als sei das mehr eine eigene Erfahrung als nur eine Vermutung.

»Du glaubst doch auch nicht mehr an Gott, oder? Meinte Felix jedenfalls«, konterte Jackie.

Jori schwieg ein paar Sekunden und sah Jackie nicht an. »Ich habe damals einige Male mit deiner Mutter geredet und versucht, ihr klar zu machen, dass … dass sie … einen großen Fehler macht, wenn sie Stefan zuliebe ihren Glauben aufgibt«, überging er schließlich ihre Frage.

»Aber deine Mutter reagierte darauf immer ... na, sagen wir mal, trotzig. Sie sagte mir, ich solle mich nicht einmischen, das ginge mich nichts an. Und außerdem würde sie heimlich weiter an Gott glauben, sodass Stefan es nicht merkte. Ich fand das keine so gute Idee und meinte dann, dass sie damit ganz sicher nicht glücklich werde. Zwei Tage nach so einem Gespräch hat sie sich mit Stefan verlobt. Mir kam das vor wie eine Trotzreaktion, nach dem Motto ›Jetzt erst recht!‹ Schließlich kannten die beiden sich erst seit etwa drei Monaten.«

»Dann waren die aber echt schnell!«, grinste Jackie. »Und was ist jetzt mit dem Brief?« Jori sollte endlich auf den Punkt kommen!

»Wart ab. Also, deine Mutter kapselte sich immer mehr von der Gemeinde ab. Sie kam weder zu den Gottesdiensten noch zu sonstigen Veranstaltungen. Und wenn sie jemanden aus unserer Gemeinde sah, ging sie ihm demonstrativ aus dem Weg. Mir tat das sehr Leid, denn ich war mir sicher, dass sie das eigentlich gar nicht wollte, sondern es nur wegen Stefan tat. So vergingen etwa zwei Jahre. Eines Tages hörte ich, dass deine Mutter in zwei Wochen heiraten wolle. Hier in unseren kleinen Dörfchen spricht sich so was ja immer gleich rum. Jedenfalls läuteten da bei mir alle Alarmglocken. Ich hatte irgendwie das unbestimmte Gefühl ... sie vor dieser Ehe warnen zu müssen«, erklärte Jori.

»War Papa denn so schlimm?«, fragte Jackie etwas verwundert.

»Nein, schlimm ist der falsche Ausdruck. Er war sicher nett, fleißig und was man sich sonst noch so von einem Ehemann wünschen kann. Aber ... er hatte eben einen großen Einfluss auf deine Mutter ... und ich hatte Angst, dass sie irgendwie ihren Glauben an Jesus völlig verlieren würde!«, antwortete Jori. »Ich traf sie dann in einer Bäckerei und sagte so in etwa zu ihr: ›Karin, mach nicht einen ganz großen Fehler, indem du Stefan heiratest! Noch kannst du zu Jesus zurückkommen! Noch ist es nicht zu spät!‹ Sie antwortete da nur traurig: ›Doch, Jori, es *ist* zu spät! Und Jesus hat mich ganz sicher eh längst abgeschrieben!‹ Ja, und dann ging sie ohne ein weiteres Wort weg. Erst da registrierte ich übrigens, dass sie schwanger war. Ihr trauriger Blick ging mir nicht mehr aus dem Kopf, und deshalb habe ich dann etwas ... Na ja, ein bisschen verrückt war das vielleicht schon, was ich da gemacht habe ...«

»Was denn? Nun sag schon!«, forderte Jackie ihn auf.

»Also, ich habe ihr den Brief geschrieben, den du auf dem Dachboden gefunden hast und ...«

»Du wolltest Papa eifersüchtig machen, damit er sich von Mama trennt?«, unterbrach ihn Jackie.

»Nein, ganz anders! Also, ich fuhr mit meinem Brief drei Tage vor der standesamtlichen Hochzeit zu ihr nach Hause und klingelte bei ihr«, erklärte Jori. Jackie hörte ihm wie gebannt zu. »Und dann gab ich ihr den Brief und sagte so in etwa: ›Hier, Karin, diesen Brief soll ich dir geben!‹ Dann ging ich wieder. Der Brief war übrigens nicht mit *Jori* unterschrieben, sondern mit *In herzlicher Liebe, dein Freund Jesus.*«

»Dein Freund *Jesus?*«, fragte Jackie erstaunt. »Du hast also so getan, als ob Jesus den Brief geschrieben hätte? Aber das hat Mama doch sofort gemerkt, dass der Brief nicht von Jesus persönlich kam! Ich meine, Jesus schreibt ja wohl kaum irgendwelche Briefe ...«

»Was ich damit sagen wollte war, dass ... ja, dass

Jesus ihr wahrscheinlich genau das sagen würde, was ich in dem Brief geschrieben habe ... Tja, jetzt weißt du, was es mit dem Brief auf sich hat«, meinte Jori.

»Ist ja krass! Darauf wäre ich natürlich nie gekommen! Aber genützt hat dein Brief ja nichts, denn die beiden haben trotzdem geheiratet!«, warf Jackie ein.

»Ja, das stimmt ... Es wundert mich allerdings, dass deine Mutter den Brief all die Jahre aufgehoben hat ... Geht sie eigentlich inzwischen wieder in irgendeine Gemeinde?«, fragte Jori.

»Mama? Nee, überhaupt nicht. Nicht mal an Weihnachten! Die haben mich nicht mal konfirmieren lassen – das war echt doof! Die anderen hatten alle eine Fete und bekamen megaviele Geschenke und ich stand als Einzige ohne Feier da!«, erwiderte Jackie. Jori lächelte.

»Na ja, die Konfirmation ist ja eigentlich nicht dazu da, um Geschenke zu bekommen ... Was hat deine Mutter überhaupt dazu gesagt, dass du mich aufgesucht hast und dieses Geheimnis wissen wolltest?«, wechselte Jori das Thema.

»Hm ... Fand sie toll! Tja, ich will mal wieder nach Hause ... Mittag essen.« Jackie hatte es nun sehr eilig. Bloß weg, bevor Jori noch irgendwelche unangenehmen Fragen stellte! »Danke, dass du mir das alles mit dem Brief erzählt hast!«

»Nichts zu danken! Ich muss mich jetzt auch langsam wieder an die Arbeit machen«, meinte Jori.

»Was arbeitest du eigentlich?«, fragte Jackie.

»Ich? Ich erstelle professionelle Homepages und Computer-Programme für Firmen. Das ist eine ganz nette Sache, denn da kann ich mir meine Zeit einteilen und zu Hause arbeiten«, antwortete Jori.

»Echt? Ist ja cool!«, grinste Jackie. Einen Web-Designer hatte sie sich immer völlig anders vorgestellt! Jori war offenbar immer wieder für eine Überraschung gut.

Während Jackie nach Hause fuhr, dachte sie noch über das Gespräch mit Jori nach. Vor allem ein Satz ging ihr nicht mehr aus dem Kopf: »Ich glaube, ein Mensch, der einmal fest mit Gott gelebt hat und ihn dann verlässt, kann nicht mehr richtig glücklich werden ...« Ob das wirklich stimmte? Brauchte man Gott, um wirklich glücklich zu sein? War Jori vielleicht auch deshalb oft so unglücklich, weil er »Gott verlassen« hatte? Und Mama? War *sie* noch glücklich? Fragen über Fragen ... Doch Jackie nahm sich fest vor, jetzt – wo sie doch sozusagen schon mal dabei war – auch diese Fragen noch zu klären. Vor allem wollte sie eines wissen: Was steckte hinter Joris Traurigkeit, aus der er scheinbar selbst nicht mehr herauskommen wollte?

15 | GESTÄNDNISSE

Jackie hatte sich auf ihr Bett gelegt und grübelte nun über all das nach, was Jori ihr erzählt hatte. Auch das, was Jori auf dem Friedhof gesagt hatte, spukte ihr noch im Kopf herum. In den letzten Tagen waren ihre Gefühle wirklich Looping gefahren und ständig auf den Kopf gestellt worden. Erst hatte sie vermutet, dass Mama eine Affäre hatte, und als sie sich gerade an Jori als neuen Vater gewöhnt hatte, stellte sich heraus, dass er doch nicht ihr Vater war. Stattdessen hatte sie in ihm nun einen Freund gefunden, der aber ein großes Geheimnis zu haben schien. Das Geheimnis des Briefes dagegen war zwar jetzt endlich gelüftet, warf aber neue Fragen auf. Und das alles in nur einer Woche! Jackie seufzte. So eine aufwühlende Woche hatte sie selten erlebt. Sie nahm noch einmal den Brief, den sie schon so oft gelesen hatte, strich die letzten zwei Worte durch und schrieb stattdessen darunter: »In herzlicher Liebe, dein Freund Jesus« So ähnlich musste der Brief damals ausgesehen haben. Und unter diesem Aspekt las sie ihn nun mit ganz anderen Augen.

»Liebe Karin,

nun kennst du mich schon so lange und hast doch immer noch Zweifel daran, dass ich dich liebe, mehr liebe als jeder andere. Das macht mich traurig und deshalb möchte ich dir in diesem Brief noch einmal sagen, was du mir bedeutest. Du bedeutest mir so unendlich viel, als wärst du der einzige Mensch auf dieser Welt. Ich will immer für dich da sein, dein ganzes Leben mit dir teilen.

Bitte bleibe bei mir! Ich vergebe dir alles, was du getan hast. Ich liebe dich trotz allem immer noch, auch wenn du mir das vielleicht nicht glaubst. Ich weiß, es ist schwer zu verstehen, aber ich versichere dir: Ich habe nie aufgehört, dich zu lieben, was auch immer vorgefallen ist! Es hat mich sehr traurig gemacht, was du getan hast, ja, aber ich lasse dich deshalb nicht hängen. Vertrau mir und fang noch einmal neu mit mir an! Mach jetzt nicht einen ganz großen Fehler, den du vielleicht einmal sehr bereuen wirst! Überleg dir gut, ob du Stefan wirklich heiraten und dein ganzes Leben mit ihm verbringen willst! Ich weiß, dass du ihn liebst – aber willst du dafür deine Liebe zu mir wirklich opfern? Hast du nicht so viele gute, ja unglaubliche Dinge mit mir erlebt? Hast du nicht hundertfach gesehen, dass ich immer zu dir halte, egal, was passiert? Willst du das alles wirklich aufgeben für Stefan? Es ist deine Entscheidung, und die kann dir niemand abnehmen. Aber es ist ganz sicher eine der wichtigsten Entscheidungen deines Lebens. Also denk gut darüber nach. Egal, wie du dich auch entscheidest, ich werde nie aufhören, dich zu lieben, und ich werde darauf warten, dass du zu mir zurückkommst.

In herzlicher Liebe,

dein Freund Jesus«

Ob Jesus – falls dieser wirklich noch lebte – Mama wohl wirklich so etwas gesagt hätte? Ob er ihr wirklich verziehen hätte, obwohl Mama sich von der Gemeinde getrennt hatte? Und was hatte Mama wohl mit Jesus für »unglaubliche Dinge« erlebt?

Das Klingeln des Handys unterbrach Jackies Gedanken. Wer rief denn jetzt an?

»Ja«, meldete sie sich.

»Hallo, Jackie, hier ist Mama«, kam es vom anderen Ende. Ihre Stimme klang fast ein bisschen bedrückt. »Wie geht es dir?«

»Ganz okay. Und dir?«, fragte Jackie zurück.

»Gut ... Ich wollte mich nur bei dir entschuldigen ... Ich war gestern Abend vielleicht ein bisschen ... na ja, ein bisschen hart«, meinte Mama nun. »Es hat mich nur ziemlich aufgewühlt, dass du diesen Brief gefunden hast ...«

»Hm, habe ich gemerkt. Ist schon in Ordnung. Ich hätte ihn ja auch nicht einfach so lesen dürfen«, gab Jackie zu.

»Du ... Du hast gestern gesagt, du bist zu Onkel Arne gefahren, um Jori zu suchen. Hast du ihn inzwischen gefunden?« Mamas Stimme klang unsicher, als befürchtete sie etwas Schlimmes.

»Ja, und der ist echt nett! Wie ein guter Freund! Er hat mir übrigens heute erzählt, was es mit dem Brief auf sich hat!«, sagte Jackie frei heraus. Sie war gespannt, was Mama nun sagen würde.

»Jori hat es dir erzählt? Das finde ich nicht in Ordnung von ihm! Er hätte mich erst fragen müssen!«, empörte sich Mama. »Das hätte ich wirklich nicht von ihm gedacht!«

»Er wollte es mir auch nicht sagen, aber ich habe ... Ich habe ihn ein bisschen angeflunkert und gesagt, dass du gemeint hättest, er solle mir das alles erzählen«, gestand Jackie. Es war besser, gleich hier am Telefon alles zu gestehen, wo man im schlimmsten Fall einfach schnell auflegen konnte, anstatt auf die Standpauke zu Hause zu warten, der man dann nicht entfliehen konnte. Doch zu Jackies großer Verwunderung reagierte Mama weder wütend noch vorwurfsvoll. Eher bedrückt.

»Nicht gerade die feine Art, aber egal ... Tja, nun weißt du also alles. Und was sagst du dazu?«, fragte sie. Auf diese Frage war Jackie nicht vorbereitet. Was sollte sie schon dazu sagen?

»Hm ... Weiß nicht ... Ich glaube ja nicht an Jesus und so, aber Jori scheint dieser Glaube tierisch wichtig zu sein. Er meinte, *du* hättest das auch mal irgendwie voll ernst genommen. Kann ich mir von dir gar nicht vorstellen«, sagte Jackie schließlich.

»Doch, er hat Recht ... Na ja, das ist jetzt ja wohl vorbei ... Sag mal, hast du den Brief noch?«, fragte Mama nun.

»Klar, wieso?«, wollte Jackie wissen.

»Wirf ihn nicht weg, ich will ... ihn gerne noch mal lesen!«, bat Mama.

»Ich habe ihn eingescannt und könnte dir 'ne Kopie mailen, wenn du willst! Ich habe ja den Laptop mit!«, schlug Jackie vor.

»Das wäre toll! Aber ich befürchte, dass Onkel Arne noch keinen Internet-Anschluss hat!«, meinte Mama.

»Doch hat er, ich habe es gestern gesehen. Er erledigt wohl viele Sachen auch per E-Mail. Traut man ihm gar nicht zu, was?«, grinste Jackie.

»Nein, wirklich nicht. Aber wenn du Zeit hast, maile mir den Brief doch bitte mal rüber!«, bat Mama.

»Ja, mach ich gleich«, versprach Jackie. Plötzlich fiel ihr wieder eine Frage ein, die sie Mama unbedingt noch stellen musste. »Sag mal, Mama, bist du eigentlich glücklich?«

»Glücklich? Wie meinst du das?«, kam es erstaunt vom anderen Ende.

»Na, einfach so ... Jori hat behauptet, dass jemand,

der mal ganz mit Gott gelebt hat und ihn dann verlässt, nie mehr richtig glücklich wird. Und du *hast* Gott damals ja sozusagen verlassen, oder?«, meinte Jackie. Schweigen. »Mama, bist du noch dran?«

»Ja, bin ich«, kam es vom anderen Ende. »Ich glaube, ich muss jetzt Schluss machen, Jackie, sonst kriege ich Ärger mit meinem Chef. Ich wollte mich auch nur kurz melden! Wie lange willst du denn noch bleiben?«

»Mal sehen, wie lange Onkel Arne es noch mit mir aushält«, grinste Jackie.

»Mach dir eine schöne Zeit, meine Große! Schöne Grüße auch von Papa! Machs gut!«, verabschiedete sich Mama.

»Ja, du auch!«, konnte Jackie gerade noch sagen, bevor Mama aufgelegt hatte. Jackie war sich sicher, dass Papa garantiert keine Grüße bestellt hatte. Vermutlich hatte er noch nicht einmal registriert, dass sie gar nicht mehr zu Hause war. Wieder einmal kam der Gedanke in ihr auf, dass sie lieber jemanden wie Jori als Vater gehabt hätte.

Jackie legte ihr Handy beiseite. Mama hatte nicht auf ihre Frage geantwortet. Aber keine Antwort war ja auch eine Antwort, oder? Besonders glücklich wirkte Mama eigentlich nie. Sie hatte Joris These auch nicht widersprochen. Ob Mama wohl glücklicher gewesen war, als sie noch »mit Gott gelebt« hatte, wie Jori das nannte?

Jackie stand mit einem Seufzer auf und lief mit dem Laptop unter dem Arm zu Onkel Arnes Büro, um Mama den Brief zu schicken.

»Onkel Arne, hast du was dagegen, wenn ich noch eine Woche länger bleibe? Oder zwei Wochen?«, fragte Jackie beim Abendessen.

»Du willst noch länger bleiben?« Onkel Arne sah sie erstaunt an. »Tja, von mir aus gerne ... Ich hatte schon ein ganz schlechtes Gewissen, weil ich mich so wenig um dich kümmern kann! Aber du hast auch eine ungünstige Zeit erwischt! Du musst mich mal im Winter besuchen, dann habe ich mehr Zeit für dich!«

»Ach, das ist schon okay! Ich habe ja genug andere Sachen, die ich machen kann. Außerdem habe ich ja jetzt Jori«, wehrte Jackie ab.

»Ich finde, du solltest dich nicht so an Jori klammern ... Er fühlt sich bestimmt noch irgendwann ... genervt von dir!«, meinte Onkel Arne und sah sie etwas hilflos an.

»Nee, tut er bestimmt nicht! Der mag mich! Ich glaube, ich sollte dich mal aufklären ... Also, die Sache ist die ...« Nun begann Jackie die ganze Geschichte zu erzählen: Von dem Brief und dem Foto, ihren Gesprächen mit Jori und davon, wie sich schließlich alles aufgeklärt hatte. Onkel Arne hörte ihr mit wachsendem Erstaunen zu und schüttelte immer wieder ungläubig den Kopf.

»Tja, jetzt weißt du also, warum ich dich unbedingt besuchen wollte«, schloss Jackie ihren Bericht.

»Und ich dachte schon, du wolltest mich einfach mal wiedersehen«, meinte Onkel Arne fast ein bisschen enttäuscht.

»Klar, ich finde das ja auch toll, dich wiederzusehen! Du bist echt nett!«, sagte Jackie schnell und Onkel Arne lächelte.

»Das freut mich! Ich bin froh, dass du mir das alles erzählt hast! Jetzt weiß ich doch wenigstens, wie ich dein Verhalten einzuordnen habe!«, sagte Onkel Arne fast erleichtert.

»Hm ... Irgendwie ist das alles schon bekloppt, oder?

Diese ganze Geschichte mit dem Brief, meine ich. Aber du hättest an meiner Stelle doch auch gedacht, dass Mama was mit dem laufen hatte, oder?«, meinte Jackie nun.

»Ja, bestimmt«, gab Onkel Arne ihr Recht. »Und wenn du mich fragst, dann hätte deine Mutter das früher auch allzu gerne gehabt. Sie war nämlich eine zeitlang ziemlich verknallt in Jori! Das hat sie zwar nicht zugegeben, aber ich kenne sie ja, und ich bin mir ziemlich sicher, dass Jori ihr großer Schwarm war. Das war aber schon eine Weile bevor dein Vater auf der Bildfläche erschien. Aber sag ihr ja nicht, dass ich dir das verraten habe, ja?«

»Echt? Ist ja heiß! Und warum ist das mit den beiden nichts geworden?«, hakte Jackie nach.

»Weiß nicht. Sie war wohl nicht so Joris Typ. Er mochte sie wahrscheinlich nur als Kumpel, so als gute Mitarbeiterin ... Aber behalt das alles für dich! Deine Mutter erschlägt mich bestimmt, wenn sie weiß, dass ich dir davon erzählt habe!«

»Keine Angst, ich schweige wie ein Grab! Ist ja irre, das alles ... Meinst du, Mama hat mich Jorine genannt, weil sie in Wirklichkeit noch an Jori hing?«, überlegte Jackie nun laut.

»Vielleicht ... Aber ich glaube, ich sollte dazu jetzt lieber nichts mehr sagen. Ich habe sowieso schon zu viel erzählt.«

»Nee, ich finde es cool, dass du mir das erzählt hast! Wenn ich ehrlich bin, dann ... hätte ich lieber Jori als Vater! Der ist so ganz anders als Papa, sozusagen das krasse Gegenteil! Schade eigentlich, dass Mama *den* nicht geheiratet hat ...«, meinte Jackie.

»Lass das bloß nicht deinen Vater hören!«, seufzte

Onkel Arne, dessen Erleichterung sich wieder ins Gegenteil verkehrte.

»Nee, ich bin ja nicht blöd ... Ich meine auch nur so ...«, erwiderte Jackie. »Übrigens, wo wir schon gerade beim Heiraten sind: Warum hast *du* eigentlich nie geheiratet?«

»Ich? Tja ... Hat sich irgendwie nicht so ergeben ... Weißt du, ich habe den Hof hier ganz alleine und da kann ich im Prinzip nie mal ein paar Tage weg, um irgendwo Frauen kennen zu lernen ... Außerdem will heute fast niemand mehr einen Landwirt heiraten. Man ist dann einfach zu abhängig, vom Wetter und von den Tieren und überhaupt ... Na ja, ich komme auch gut ohne Frau klar, findest du nicht?«, meinte Onkel Arne.

»Doch, schon ... Aber bist du nicht manchmal ziemlich einsam, so allein in diesem großen Haus?«, hakte Jackie nach.

»Na ja, ich habe doch noch meine Tiere ... und Heinz-Otto, Mariechen, Hedwig und Jennifer! So ganz alleine bin ich also gar nicht«, widersprach Onkel Arne, aber so richtig überzeugend klang es nicht.

»Also, nichts gegen deine Dinos, aber ... ich würde dir trotzdem lieber eine richtige Frau wünschen!«, meinte Jackie und Onkel Arne lächelte.

In den nächsten Tagen besuchte Jackie ihren neuen Freund Jori immer wieder. Onkel Arne schien darüber zunächst nicht so wirklich begeistert zu sein, aber wenigstens mischte er sich nicht ein. Und nach ein paar Tagen schließlich schien er sich sogar über diese Freundschaft zu freuen. Wenn Jackie Jori besuchte, plauderten sie stundenlang über alles Mögliche, machten Radtouren und Jori zeigte Jackie, wie er am Computer die Home-

pages für Firmen erstellte. Jori schien dabei richtig auf-
zublühen. Er war gut gelaunt, und hin und wieder hatte
sie ihn sogar schon lachen gehört. Nur eines schaffte
Jackie nicht: Diese tiefgründige Traurigkeit und Verzweiflung konnte auch sie ihm nicht nehmen. Doch so oft sie
auch versuchte, das Thema »Unfall« oder »Helma« anzu-
steuern, wechselte Jori sofort zu einem anderen Thema.
Was konnte sie bloß tun, um Jori wirklich zu helfen und
hinter sein trauriges Geheimnis zu kommen?

16 | AUF DER SUCHE

Heute war Montag und damit Jugendkreis. Jackie hatte beschlossen, noch einmal dorthin zu gehen, in erster Linie deshalb, weil sie noch mit Felix über Jori reden wollte. Eigentlich hatte sie schon in der letzten Woche gehen wollen, doch da war sie bei Jori gewesen und hatte völlig die Zeit vergessen. Aber diesmal würde sie hingehen und mit Felix sprechen. Vielleicht hatte der ja doch noch einen guten Einfall, wie sie Jori helfen konnte. Schließlich kannte Felix ihn schon seit vielen Jahren.

Nach der üblichen Begrüßung und ein paar Liedern rief Felix plötzlich aufgeregt: »Oh Mann, ich habe mein Portmonee verloren! Da sind auch meine Versicherungs-karte und die Bankkarte drin ... und meine Papiere! So ein Mist! Aber das Portmonee muss irgendwo hier sein, denn zu Hause hatte ich es noch! Könnt ihr mir einen Gefallen tun und mir alle beim Suchen helfen? Ich habe sonst keine ruhige Minute mehr!«

Jackie sah Felix erstaunt an. Das war wirklich ein komischer Kauz! Anstatt jetzt erst mal seine Jugend-stunde durchzuziehen und *danach* sein Portmonee zu suchen, machte er jetzt mittendrin so einen Aufstand! Sein Portmonee musste ihm ja tierisch wichtig sein!

Nun suchten alle nach dem Portmonee, und schließ-lich rief einer: »Hier, ich habs! Lag auf dem Bücher-schrank!«

Felix nahm es entgegen und begann zu jubeln: »Wow, cool! Mensch, danke, Jörn! Ich hätte echt nicht gewusst,

was ich sonst gemacht hätte, wenn ich es nicht wieder-gefunden hätte! Absolut super! Megagenial, ehrlich!«
Jackie grinste. Mann, konnte der sich freuen!

Nun setzten sich alle wieder in den Stuhlkreis – bis auf Felix, der sich vor Freude offenbar gar nicht mehr ein-kriegte. Anke sagte zu ihm: »Felix, nun beruhige dich mal wieder! Wir wollen doch jetzt anfangen!«

»Aber das ist so genial, ich könnte vor Freude den ganzen Tag durch die Gegend hüpfen! Hey, da sind meine Papiere drin ... und das Foto von meiner Frau und unseren Kindern und mein Geld und überhaupt! Das ist so genial! Am liebsten würde ich jetzt ein Fest feiern!« Die anderen fingen immer mehr an zu grinsen. Endlich setzte sich Felix hin und fragte noch immer ganz aufge-dreht: »Habt ihr auch schon mal nach etwas gesucht, dass euch so superwichtig war, dass ihr alles andere dafür habt stehen lassen? Etwas, das ihr unbedingt haben musstet, etwas, das euch in diesem Moment wich-tiger war als alles andere auf der Welt?«

Die Jugendlichen sahen sich an. Manche schüttelten den Kopf. Jackie musste an Jori denken. Um ihn zu fin-den, war sie auch Hals über Kopf zu Onkel Arne gefahren und hatte Sachen gemacht, die sie sonst nie machte. Zum Beispiel, einem wildfremden Mann einen Blumen-strauß zu kaufen.

»Wisst ihr, dass ihr alle Jesus so wahnsinnig wichtig seid, dass er alles für euch stehen und liegen lassen würde?«, fragte Felix jetzt. Einige sahen ihn skeptisch an. »Ihr glaubt mir nicht, was? Okay, dann lese ich euch jetzt mal einen Text aus der Bibel vor, wo genau das drin steht!« Felix nahm seine Bibel, schlug das 15. Kapitel des Lukas-Evangeliums auf und las die Verse 3 bis 7 vor: »Da erzählte Jesus ihnen ein Gleichnis: ›Wenn ein Mensch hundert Schafe hat und eins geht verloren, was wird er tun? Lässt er nicht die neunundneunzig in der Wüste zurück, um das verlorene Schaf so lange zu suchen, bis er es gefunden hat? Dann wird er es glücklich auf seinen Schultern nach Hause tragen und seinen Freunden und Nachbarn zurufen: ›Kommt her, freut euch mit mir, ich habe mein Schaf wiedergefunden!‹ Ich sage euch: So wird man sich auch im Himmel freuen über *einen* Sünder, der zu Gott umkehrt - mehr als über neunundneunzig andere, die nach Gottes Willen leben und nicht zu ihm umkehren müssen.‹«

Felix sah die anderen an: »Habt ihr das mitgekriegt? Jesus sucht nach uns so sehr wie ein Hirte nach einem verlorenen Schaf. Und wenn es sein muss, lässt er dafür alles andere stehen und liegen. Und noch viel mehr, wie ich mich eben über mein Portmonee gefreut habe, freut sich Jesus, wenn wir uns von ihm finden lassen. Wenn wir zu ihm gehören wollen! Ist das nicht stark? Vielleicht kennt ihr das auch, dass man sich manchmal von Jesus entfernt. Wir haben vielleicht irgendeinen großen Mist verzapft oder uns sind einfach andere Dinge wichtiger geworden. Jesus wird immer mehr zur Randfigur in unserem Leben. Und plötzlich merken wir, dass wir uns ganz schön von ihm entfernt haben. Dass er in unserem Leben praktisch gar nicht mehr vorkommt! - Wisst ihr, dann sollten wir nicht noch weiter weglaufen, sondern dürfen uns darauf verlassen, dass Jesus uns nicht vergessen hat. Er sucht nach uns und möchte uns zurückholen - wie der Hirte ein verlorenes Schaf! Wenn es uns wirklich Leid tut, dann nimmt uns Jesus wieder an! Und er liebt uns mehr als jeder andere!«

Jackie musste plötzlich an den Brief denken, den Jori damals geschrieben hatte. Stand da nicht im Prinzip genau dasselbe drin? Aufmerksam hörte sie zu. Sie wollte mehr über diesen Jesus wissen.

»An einer anderen Stelle greift Jesus dieses Bild mit den Schafen noch mal auf. Im Johannes-Evangelium, Kapitel 10, Vers 11 sagt er: ›Ich bin der gute Hirte. Ein guter Hirte setzt sein Leben für die Schafe ein.‹ Und genau das hat Jesus ja für uns getan. Er starb stellvertretend für uns am Kreuz, obwohl er völlig unschuldig war, damit Gott uns für unsere Schuld nicht mehr bestraft und uns unsere Schuld nicht mehr belasten muss! Weil Jesus aus Liebe für uns starb, kann uns unsere Schuld nicht mehr von Gott trennen, und wir können durch seine Vergebung wirklich frei und glücklich werden! So sehr liebt er uns. Er tut buchstäblich alles für uns! Und er will uns ein wirklich gutes, sinnvolles Leben schenken!«, fuhr Felix fort. Jackie hörte das alles zum ersten Mal. Natürlich hatte sie schon mal mitbekommen, dass dieser Jesus an einem Kreuz hingerichtet worden und wieder auferstanden war – das hatte sie an Ostern schon einmal im Fernsehen gesehen. Aber sie hatte nie verstanden, was das Ganze sollte und warum das für viele Menschen so wichtig war. Wenn sie ehrlich war, verstand sie auch jetzt noch vieles nicht. Aber vielleicht konnte sie Felix ja noch mal fragen, wie das nun so alles zusammenhing …

»Ich finde dieses Beispiel mit dem Hirten echt krass und eindrucksvoll! Was ist denn ein einzelnes Schaf schon wert, wenn man noch neunundneunzig andere hat? Wer würde für dieses eine, dumme, verlorene Schaf sein Leben riskieren? Jesus tut es! Er riskiert es nicht nur, er gibt es hin! Für uns! Und er beschenkt uns täglich neu mit so viel Gutem!

Er will, dass es uns an nichts fehlt! Wie es zum Beispiel in Psalm 23 steht, den ihr bestimmt schon mal gehört habt: ›Der Herr ist mein Hirte, nichts wird mir fehlen. Er weidet mich auf saftigen Wiesen und führt mich zu frischen Quellen. Er gibt mir neue Kraft. Er leitet mich auf sicheren Wegen, weil er der gute Hirte ist. Und geht es auch durch dunkle Täler, fürchte ich mich nicht, denn du, Herr, bist bei mir. Du beschützt mich mit deinem Hirtenstab.‹ Und zum Schluss heißt es in diesem Psalm: ›Deine Güte und Liebe werden mich begleiten mein Leben lang; in deinem Haus darf ich für immer bleiben.‹ Das heißt soviel wie: ›Ich werde immer fest mit meinem Herrn verbunden sein!‹«

Irgendwie klang das alles ziemlich gut, vor allem, weil Felix mit so viel Liebe von Jesus sprach. Wenn Jesus wirklich so ein toller Freund war ... Vielleicht hatte Jori dann Recht damit, dass man es immer bereuen würde, so einen Freund zu verlassen?

»Habt ihr schon mal erlebt, dass Jesus euch beigestanden hat, wenn es ganz schwierig war? Oder dass er euch zurückgeholt hat, wenn ihr euch von ihm entfernt hattet?«, fragte Felix nun in die Runde. Zunächst herrschte nachdenkliches Schweigen.

»Ich habe das schon mal erlebt!«, sagte schließlich Maike. »Ich habe immer voll die Panik vor Klassenarbeiten! Und dann bin ich bei den Arbeiten immer so fertig, dass ich alles durcheinander bringe, obwohl ich vorher alles konnte! Und deswegen verhaue ich auch ganz oft die Arbeiten total. Ja, und in Mathe, da hatte ich schon zwei Arbeiten total in den Sand gesetzt, und ich wusste genau: Wenn ich jetzt noch eine Sechs kriege, dann bleibe ich hängen. Und ich habe echt viel geübt und so, aber ich hatte tierische Angst! Und dann las ich abends in der Bibel: ›Ladet alle eure Sorgen bei Gott ab, denn er sorgt für euch.‹ (1. Petrusbrief, Kapitel 5, Vers 7) Und da dachte ich, dass ich das auch machen will! Ich habe lange gebetet ... Und dann bin ich plötzlich ganz ruhig geworden! Und am nächsten Tag war ich so ruhig wie noch nie bei einer Arbeit! Und ich konnte alles ganz einfach ausrechnen! Und das wurde dann die erste Zwei plus in meinem Leben in einer Klassenarbeit!«

»Ist ja cool!«, ließ einer verlauten. »Hey, das mache ich auch mal! Ich habe nämlich immer keinen Bock zum Lernen, und dann bete ich und dann ...«

»Moment, Hauke, so ist das nicht gemeint«, unterbrach Felix. »Jesus hilft uns gerne, wenn wir ihn wirklich brauchen. Aber er unterstützt nicht unsere Faulheit! Ein weiser Mensch hat mal gesagt: ›Arbeite, als ob alles Beten nichts nützt, und bete, als ob alles Arbeiten nichts nützt!‹ Jesus hilft mir, aber er nimmt mir nicht alle Aufgaben und Probleme ab. Abgesehen davon ist Jesus auch nicht unser Wunschautomat, wo wir oben unser Gebet wie eine Münze einwerfen können und unten kommt dann immer die Erfüllung unserer Wünsche heraus. Manchmal handelt Jesus auch völlig anders, als wir es erwarten. Aber eins ist sicher: Er reagiert auf unser Gebet, auch wenn wir es nicht immer sofort bemerken! Und er will uns nur das Beste geben!«

Jackie dachte plötzlich an Jori und daran, dass Jesus es zugelassen hatte, dass seine Frau und sein ungeborenes Kind bei einem Unfall starben. Das passte doch nicht zu dem, was Felix sagte, oder? Wie konnte Jesus Jori denn lieben, wenn er ihm so etwas Grausames antat? Das war doch keine Liebe! Das war einfach nur unheimlich schrecklich und fies!

»Tja, hat sonst noch jemand etwas mit Jesus erlebt?«, fragte Felix gerade.

Nun erzählte noch Reno, wie er sich durch seine Klassenkameraden immer mehr »von Jesus entfernt« hatte, indem er lieber zum Fußball als zur Gemeinde ging, nicht mehr in der Bibel las (weil seine Freunde so was »voll idiotisch« fanden) und auch nicht mehr betete. Als er dann wieder einmal zu einem Fußballspiel fuhr, hatte er unterwegs einen Unfall mit seinem Fahrrad, und zwar auf einem Waldweg, wo sonst fast niemand entlangkam. Da war ihm dann Jesus wieder eingefallen und er hatte gebetet, dass es ihm Leid täte und er sich ändern wolle, wenn Jesus ihm helfen würde. Ja, und dann war plötzlich einer aus der Gemeinde in Waching vorbeigekommen und hatte ihm geholfen.

»Das war echt so, als ob Jesus einen Engel geschickt hätte, als Herr Martensen vorbeikam! Hey, ich war voll geplättet! Und der hat auch noch gesagt, dass er sonst eigentlich nie da langfährt, aber plötzlich die Idee hatte, mal einen Schlenker durch den Wald zu machen! War voll krass, ehrlich!«, meinte Reno schließlich.

Jackie wusste nicht recht, ob sie das glauben konnte. Klang irgendwie zu schön, um wahr zu sein. Auf jeden Fall konnte es auch purer Zufall sein! Es musste ja nicht gleich Jesus dahinterstecken, oder?

Noch einige andere erzählten von Erlebnissen mit Jesus. Dann wurde wieder ein Lied gesungen. Jackie war in Gedanken noch immer bei dem Vergleich mit dem Hirten, der seine Schafe so sehr liebte, dass er sein Leben für sie gab. Und immer wieder sah sie den Brief von Jori vor sich, den sie mittlerweile längst auswendig kannte. »Du bedeutest mir so unendlich viel, als wärst du der einzige

Mensch auf dieser Welt. Ich will immer für dich da sein, dein ganzes Leben mit dir teilen ... Ich vergebe dir alles, was du getan hast. Ich liebe dich trotz allem immer noch, auch wenn du mir das vielleicht nicht glaubst. Ich weiß, es ist schwer zu verstehen, aber ich versichere dir: Ich habe nie aufgehört, dich zu lieben, was auch immer vorgefallen ist! ... Vertrau mir und fang noch einmal neu mit mir an! ... Hast du nicht so viele gute, ja unglaubliche Dinge mit mir erlebt? Hast du nicht hundertfach gesehen, dass ich immer zu dir halte, egal, was passiert? ... Ich werde nie aufhören, dich zu lieben, und ich werde darauf warten, dass du zu mir zurückkommst«, hatte Jori damals geschrieben in dem Glauben, dass Jesus so etwas zu Mama gesagt hätte. Ob er dasselbe heute auch noch schreiben würde, nachdem Jesus ihm quasi seine Frau und sein Kind genommen hatte?

Inzwischen waren die anderen mit Singen fertig. Nun gab es noch ein witziges Spiel, das richtig Spaß machte. Anschließend standen Kuchen und Getränke bereit, weil Anke Geburtstag gehabt hatte und ihn nun im Jugendkreis ein bisschen nachfeiern wollte. Jackie nutzte die Chance und lief zu Felix.

»Du, Felix ... können wir beide mal irgendwo ungestört miteinander reden? Wäre echt wichtig!«, sprach sie ihn an.

»Na, klar, komm doch mit in den Raum der Krabbelgruppe, da können wir in Ruhe reden!«, war Felix sofort einverstanden.

Im »Krabbelgruppenraum« setzten die beiden sich auf das Sofa und Felix fragte freundlich: »Na, was kann ich denn für dich tun?«

»Also ... Erst mal habe ich noch eine Frage zu dem,

was du heute gesagt hast. Wenn Jesus oder Gott, also, wenn der uns wirklich so liebt und so ... wieso hat er es dann zugelassen, dass Joris Frau gestorben ist? Ich meine, so was hat doch mit Liebe nun echt nichts mehr zu tun, oder?« Jackie war gespannt auf die Antwort. Felix zögerte kurz.

»Du hast schon Recht, das ist wirklich schwer zu verstehen. Ich kann dir auch nicht sagen, warum Jesus das zugelassen hat. Und an dieser Frage ist wahrscheinlich auch Joris Beziehung zu Jesus zerbrochen. Ich glaube, es wäre auch ziemlich daneben, jetzt irgendeine Erklärung dafür suchen zu wollen. Weißt du, Jackie, in der Bibel steht, dass Gottes Gedanken viel, viel höher sind als unsere Gedanken und dass wir Menschen seine Pläne niemals durchschauen können, egal, wie schlau wir sind! Vieles werden wir erst verstehen, wenn wir nach unserem Tod einmal bei Gott im Himmel sind. Aber wir können uns fest darauf verlassen, dass Gott nichts tut oder zulässt, was nicht gut für uns ist, wenn wir uns fest an ihn halten!«

»Hm ... Klingt nach einer billigen Ausrede, das mit den hohen Gedanken und so ...«, sagte Jackie und war alles andere als zufrieden mit dieser Antwort.

»Ich kann dich schon verstehen. Ich habe mich auch oft gefragt, warum Gott dieses oder jenes in meinem Leben zuließ. Manchmal habe ich sehr viel später gemerkt, dass manche harten Zeiten wohl nötig waren, damit ich etwas Bestimmtes lernte oder ... um mich zu prägen. Manches verstehe ich auch bis heute nicht. Aber ich vertraue Gott, dass er es gut mit mir meint«, erwiderte Felix ruhig.

»Hm, ich weiß nicht ... Aber ich habe noch eine Frage:

Das mit Jesus ... also, warum er gestorben ist und so ... das verstehe ich noch nicht so ganz ... Also ... zum Beispiel, warum er sterben musste«, meinte Jackie und kam sich etwas dumm vor. Wahrscheinlich wussten das die anderen hier, und Felix hielt sie jetzt für superdämlich.

»Tja, weißt du, Gott ist heilig, das heißt, er ist absolut gut! Bei ihm gibt es nichts Schlechtes, und weil er der Herr über unser Leben ist, müsste er uns eigentlich für all das Schlechte, das wir oft denken, tun oder sagen, bestrafen. Diese Strafe aber könnte keiner von uns ertragen und niemand könnte einmal zu Gott in den Himmel kommen, weil einfach nichts Schlechtes zu ihm passt. Aber weil Gott uns so liebt und nicht bestrafen will, deshalb hat sein Sohn Jesus Christus diese Strafe auf sich genommen und sich am Kreuz hinrichten lassen, damit wir Gottes Freunde werden können. Dazu müssen wir nur Jesus als unseren Herrn anerkennen und ihn ganz in unser Leben miteinbeziehen!«, erklärte Felix.

»Hm ... Aber wenn Gott uns so liebt ... warum hat er dann nicht einfach gesagt: ›Hey, Schwamm drüber, ich drücke mal ein Auge zu!‹ Dann hätte Jesus doch nicht sterben müssen, oder?«, überlegte Jackie.

»Aber dann hätte Gott niemand mehr ernst genommen und alles würde im Chaos versinken«, meinte Felix nun.

»Wieso?«, fragte Jackie.

»Na, stell dir doch mal vor, die Gerichte unseres Landes würden in Zukunft bei allen Straftätern sagen: ›Schwamm drüber, da drücken wir mal ein Auge zu! Was ist denn schon ein Mord oder ein Diebstahl? Wir sind doch alle nur Menschen und haben *alle* unsere Fehler!‹ Was meinst du, was dann passieren würde?«

»Hm ... Wahrscheinlich würde dann die Katastrophe losbrechen, weil jeder klauen würde, was das Zeug hält ... Und man wäre nirgends mehr sicher, weil man ja jederzeit überfallen werden könnte und so ...«, antwortete Jackie.

»Siehst du! Es muss eine gewisse Ordnung geben. Und Gesetze und Gebote machen nur Sinn, wenn sie befolgt werden müssen. Das ist bei Gott nicht anders. Wenn wir uns nicht an die Bibel halten müssten und jeder leben könnte, wie er wollte, dann würde alles in einer großen Katastrophe enden und Gott hätte uns sein Wort, die Bibel, nie zu geben brauchen. Aber weil er es gut mit uns meint und will, dass wir mit seiner Hilfe ein wirklich gutes Leben führen können, hat er uns die Bibel gegeben. Und deshalb musste er auch unsere Fehler bestrafen – und das hat er mit Jesu Kreuzigung getan«, erklärte Felix.

»Hm ... Irgendwie einleuchtend, wenn man so darüber nachdenkt ...«, fand Jackie. »Na ja, ich glaube, ich muss mir das noch mal alles in Ruhe durch den Kopf gehen lassen ... Aber danke, dass du es mir erklärt hast!«, meinte Jackie. Irgendwie kam ihr das alles etwas seltsam vor.

»Habe ich gerne gemacht! Übrigens, wie geht es Jori? Gibt es schon was Neues?«, wechselte Felix nun das Thema.

»Ja, einiges«, antwortete Jackie und erzählte Felix alles, was sich seit ihrem letzten Gespräch in Sachen Jori ereignet hatte. »Tja, so sieht es aus ... Hast du vielleicht einen guten Tipp, wie ich Jori helfen könnte, damit er nicht immer so traurig ist?«, fragte Jackie schließlich.

»Einen guten Tipp habe ich nicht für dich, aber halte mich auf alle Fälle auf dem Laufenden! Das mit dem Brief ist wirklich eine heiße Geschichte! Bin ja gespannt, wie das alles mit euch noch weitergeht! Aber ich glaube, wir sollten jetzt wieder zu den anderen gehen, was?«, meinte Felix und Jackie nickte.

Es war fast neun Uhr, als Jackie endlich nach Hause kam. Hatte richtig Spaß gemacht, mit den anderen Kuchen zu essen, zu erzählen und Tischtennis zu spielen. Die meisten waren richtig nett. Schade eigentlich, dass sie nicht immer in diesen Jugendkreis gehen konnte – so langsam gefiel es ihr dort richtig gut!

Jackie stellte gut gelaunt das Fahrrad in den Schuppen. Kaum kam sie wieder heraus, da sprach sie jemand an: »Hallo, Jackie, wie gehts?«

Jackie sah erstaunt auf und meinte dann etwas verdutzt: »Du? Was machst du denn hier?«

»Ich ... muss dir was sagen!«, war die Antwort. Jackie war ziemlich überrascht. Was nun wohl kam?

17 | BELAUSCHT

»Also, mit dir hätte ich hier echt am wenigsten gerechnet!« Jackie war immer noch ziemlich geplättet. Sie saß mit ihrer Mutter und Onkel Arne am Küchentisch und konnte immer noch nicht fassen, dass Mama wirklich hergekommen war. Es musste schon einen ziemlich dramatischen Grund geben, sonst hätte sie das bestimmt nicht gemacht.

»Tja, ich war auch ganz überrascht, als deine Mutter heute Nachmittag plötzlich anrief und fragte, ob ich noch ein Zimmer für sie frei hätte«, stimmte Onkel Arne seiner Nichte zu.

Mama grinste. »Die Überraschung ist mir also wohl gelungen.«

»Aber warum bist du denn hergekommen? Hat Papa die Scheidung eingereicht oder ist Oma gestorben oder was?« Irgendwie so was in der Richtung musste es doch sein, oder?

»Nein, es ist etwas ganz anderes. Ich möchte unbedingt mit Jori sprechen!«, erwiderte Mama.

»Mit Jori? Wieso denn das?« Jackie verstand nur noch Bahnhof.

»Das erzähle ich dir vielleicht morgen ganz in Ruhe. Nur so viel: Jori hatte Recht, und das habe ich jetzt begriffen. Ich habe den Brief noch einige Male gelesen und dann ... ja, dann habe ich mit Gott einen Neuanfang gemacht. Gestern Abend. Und heute Morgen habe ich dann relativ spontan beschlossen, herzukommen, mich mit Arne sozusagen auszusöhnen und mich bei Jori zu bedanken. Für seinen Brief damals. Besser spät als nie, denke ich«, sagte Mama und wirkte ganz anders als sonst. Irgendwie ... Irgendwie richtig glücklich.

»Moment mal ... Willst du damit sagen, dass du jetzt wieder an Gott glaubst, so wie früher?«, hakte Jackie sicherheitshalber noch einmal nach. Das war alles ja echt unglaublich!

»Ja, genau. Ich war im Grunde die ganzen Jahre über nicht wirklich glücklich, aber ich wollte mir das nicht eingestehen. Und dann hast du mich am Telefon gefragt, ob ich glücklich sei ... Diese Frage hat mich völlig aufgewühlt! Und als ich dann Joris Brief wieder gelesen habe, den du mir gemailt hast, da ... na ja, da wusste ich plötzlich, dass es für mich nur *einen* richtigen Weg gibt! Aber ich habe mich noch eine ganze Woche mit Zweifeln herumgequält, bis ich dann Jesus gebeten habe, wieder der Herr in meinem Leben und mein bester Freund zu sein. So wie damals eben. Das war das Beste, was ich machen konnte!«

Jackie traute ihren Ohren kaum. Mama war Christin geworden?

»Ist ja der Hammer!«, platzte sie heraus. »Und was sagt Papa dazu?«

»Der weiß noch nichts davon. Er ist vorgestern zu einem Geschäftstermin nach Frankreich geflogen und kommt erst in drei Tagen wieder. Ich weiß auch ehrlich gesagt noch nicht, wie ich ihm das beibringen soll. Ich weiß nur, dass es die richtige Entscheidung war und dass ich nicht noch einmal seinetwegen meinen Glauben über Bord werfen würde!«, sagte Mama nun und klang fest entschlossen.

»Puh! Ich bin echt platt«, meinte Jackie.

»Da bist du nicht die Einzige!«, gab Onkel Arne zu.

»Morgen früh will ich gleich zu Jori fahren! Der wird Augen machen, wenn er mich nach so langer Zeit wiedersieht!«, grinste Mama. »Nun will ich aber so langsam ins Bett! War heute ein langer Tag für mich, weil ich schon um fünf Uhr aufgestanden bin. Also, dann bis morgen!« Onkel Arne ging mit Mama hinaus und redete wohl noch mit ihr. Nach jahrelanger Funkstille hatten sie sich sicher auch so einiges zu erzählen. Jackie blieb am Küchentisch sitzen und versuchte zu begreifen, was Mama ihr da gerade erzählt hatte. Mama war jetzt Christin! Obwohl sie wusste, dass Papa höchstwahrscheinlich ausrasten würde, wenn er es erfuhr. So wie Jackie die Lage einschätzte, würde er sie zumindest auslachen und bei jeder nur denkbaren Gelegenheit mit irgendwelchen blöden Sprüchen aufziehen. Trotzdem wollte Mama an diesen Jesus glauben! Und sie wirkte total anders als sonst! Fast so, als hätte sie sich verliebt ...! Schon merkwürdig. Was Onkel Arne und Mama wohl noch besprachen?

Jackie zögerte kurz, dann stand sie auf und schlich hinter den beiden her. Sie waren inzwischen in einem Zimmer verschwunden, aber man konnte durch die Tür jedes ihrer Worte gut verstehen, wenn man sich direkt davorstellte. Eigentlich war es ja nicht so die feine Art, Leute zu belauschen, aber Jackie war einfach zu neugierig, als dass sie jetzt auf gutes Benehmen achten wollte.

»Ich bin wirklich froh, dass du mir verziehen hast, Arne! Mir tut das alles so schrecklich Leid! Ich ... Ich hätte mich die ganzen Jahre nicht immer auf Stefans Seite stellen dürfen! Ich habe mich so widerlich benommen!«, sagte Mama gerade.

»Ist schon gut, Karin! Ich bin ja nur froh, dass du endlich gemerkt hast, dass das nicht in Ordnung war! Also, wenn ich ehrlich bin, habe ich ziemlich darunter gelitten, dass du mich nicht einmal mehr sprechen wolltest! Du weißt doch, ich hänge so an dir! Es ist schön, dass du endlich mal wieder hier bist!«, erwiderte Onkel Arne. Jackie sah durchs Schlüsselloch. Jetzt nahmen sich die beiden sogar in den Arm und Mama heulte! Wer hätte so etwas je für möglich gehalten?

»Tja, ich gehe dann mal wieder in die Küche und lasse dich schlafen! Gute Nacht!«, verabschiedete sich Onkel Arne nun, und Jackie rannte schleunigst nach oben, bevor Onkel Arne sie noch entdeckte.

Als sie im Bett lag, beschlich sie das seltsame Gefühl, etwas Entscheidendes vergessen zu haben. Sie wusste nur nicht, was. Na ja, vermutlich war das nur so ein albernes Gefühl ...

»Morgen, Jackie!«, begrüßte Onkel Arne seine Nichte, als sie in die Küche kam.

»Morgen! Wo ist Mama?«, fragte Jackie noch halb verschlafen. Sie hatte die halbe Nacht noch über Mama und deren Entscheidung nachgedacht und darüber, wie Papa wohl darauf reagieren würde. Erst gegen fünf Uhr morgens war sie endlich eingeschlafen. So war sie jetzt immer noch ziemlich müde, obwohl es schon nach zehn Uhr war.

»Deine Mutter ist schon längst weg zu Jori«, gab Onkel Arne Auskunft.

»Zu Jori? Ohne mich?«, fragte Jackie empört. Wo sie doch schon alles eingefädelt und in Gang gebracht hatte, war es doch wohl das Mindeste, dass Mama sie zu diesem Überraschungs-Wiedersehen mitnahm, oder?

»Sie meinte, wir sollten dich lieber ausschlafen lassen«, sagte Onkel Arne fast entschuldigend.

»Das kann ja wohl nicht wahr sein! Ich will doch auch mitkriegen, wie Jori reagiert, wenn er Mama wiedersieht!«, gab Jackie zurück und rannte hinaus zum Schuppen, um mit dem Fahrrad hinterherzufahren.

Selten war sie so schnell in Bletau gewesen. Vielleicht hatte sie ja Glück, und Mama hatte Joris Haus noch gar nicht gefunden! – Obwohl, das war vermutlich eher unwahrscheinlich, Mama war ja nicht doof.

Noch völlig außer Atem stand Jackie schließlich vor Joris Haus. Sie klingelte Sturm. Doch niemand öffnete.

»Jori! Ich bin's, Jackie!«, rief sie laut, doch es tat sich nichts. Ob er wieder auf dem Friedhof war, um die Blumen zu gießen? Nee, vermutlich nicht, heute Nacht hatte es ja ordentlich geregnet. Jackie lief um das kleine Häuschen herum. Da entdeckte sie Jori und Mama auf einer Bank sitzend. Sie selbst befand sich hinter der Bank, sodass die beiden sie nicht bemerkten. Jackie entschloss sich, erst einmal zu hören, worüber die beiden sprachen, bevor sie sich zu erkennen gab. Vorsichtig setzte sie sich hinter einen Baum und lauschte.

»Ich kann dich nicht verstehen, Jori! Ich kann einfach nicht glauben, dass dir Jesus und die Gemeinde jetzt egal sind! Gerade du, der du uns immer gesagt hast, dass wir mit all unseren Sorgen und unserem Kummer zu Jesus kommen können – gerade du verkriechst dich jetzt also seit zwei Jahren in deiner Trauer und hast dich von der Gemeinde und Jesus abgewandt! Ich begreife das einfach nicht! Das bist doch nicht du, Jori! Das ist nicht der Jori, den ich kenne!«, sagte Mama gerade. Erst in diesem Moment fiel Jackie ein, dass sie ihr noch gar nichts davon erzählt hatte, dass Jori inzwischen ziemlich anders war als früher.

»Diesen Jori gibt es auch nicht mehr, Karin, er ist vor zwei Jahren gestorben!«, antwortete Jori leise.

»Nein, deine Frau ist gestorben, aber doch nicht du! Ich verstehe dich nicht!« Mama machte einen ziemlich fassungslosen Eindruck.

»Vielleicht ist es besser, wenn du jetzt gehst ...«, sagte Jori.

»Nein, ich gehe jetzt nicht! Nicht, bevor du mir erklärt hast, warum du dich von der Gemeinde getrennt hast – und offenbar auch von deinem Glauben«, erwiderte Mama ruhig, aber bestimmt. So kannte Jackie sie: Mama konnte extrem hartnäckig sein! Jackie hasste das manchmal, wenn Mama so lange fragte und fragte, bis sie auch das kleinste Detail wusste. Aber vielleicht war das in diesem Fall sogar ganz gut ...

Jori sah sie nicht an. Er schien nicht recht zu wissen, was er tun sollte.

»Bitte geh jetzt ... oder lass uns über etwas anderes reden«, presste er dann hervor.

»Nein, Jori! Ich will wissen, was los ist! Ich will mich nicht damit abfinden, dass du jetzt ... so bist! Du warst immer mein Vorbild! Du hattest einen geradezu unumstößlichen Glauben! Und gerade du ...«

»Ja, *gerade* ich, Karin! Das ist der Punkt ...«, unterbrach Jori sie. Dann schwieg er ein paar Sekunden und atmete tief durch. »Ich ... Ich habe alles falsch gemacht! Ich kann so nicht mehr in die Gemeinde gehen! Du weißt, dass ich immer so eine Art ... na ja, sagen wir mal, ein Vorbild war ... Man erwartet von mir, dass ich meinen Glauben praktisch lebe ... Aber diesem Bild entspreche ich nicht mehr! Ich habe alles falsch gemacht! Ich habe Helmas und mein Leben ruiniert! Ich bin ...« Jori stockte und schwieg. Und er schien mit den Tränen zu kämpfen.

»Niemand erwartet von dir, dass du perfekt bist, Jori!«, erwiderte Mama ruhig und ungewöhnlich einfühlsam. Sie machte eine kurze Pause, dann fuhr sie fort: »Weißt du was? Früher, da warst du für mich wie ein Heiliger, einer, der nahezu unerreichbar perfekt ist! Du warst immer für uns da, du hast dir unsere Probleme angehört, manchmal nächtelang! Du hast uns geholfen und niemals habe ich von dir den Satz gehört: ›Lass mich in Ruhe, ich habe keine Zeit!‹ Kein böses Wort oder Lästereien hatte ich je von dir gehört. Du warst einfach nur ein unglaublich guter Christ in meinen Augen. Du warst wirklich so was wie unser Idol! Neben dir kam ich mir immer ganz ... ganz mies vor, weil ich *nicht* so perfekt war. Aber eines Tages hast du dich darüber aufgeregt, dass Hannes mal wieder zu spät kam, als wir alle zusammen zu einem Konzert fahren wollten. Und da wurdest du richtig sauer und hast gesagt: ›Kann dieser blöde Dussel denn nicht wenigstens *ein* Mal pünktlich sein?‹ Du, ich hätte dich in diesem Moment glatt umarmen können, weil ich da zum ersten Mal gemerkt habe, dass auch du nur ein Mensch mit normalen Gefühlen und Schwächen bist! Du siehst, du musst nicht perfekt sein! Absolut nicht!«

Jori lächelte. Aber nur kurz. Dann wurde er wieder ernst. »Ich weiß ... Aber es geht nicht darum, perfekt zu sein oder nicht ...« Er schwieg und sah ins Leere.

»Was ist es denn? Erklär es mir, Jori, bitte!«, bat Mama fast flehentlich.

»Ich habe es noch niemandem erzählt«, sagte Jori kaum hörbar.

»Dann wird es höchste Zeit, dass du es tust, Jori! Was immer es auch ist, ich werde dich deshalb nicht weniger mögen. Aber ich möchte einfach verstehen, warum du dich ... so verändert hast!«, erwiderte Mama ruhig und sah Jori an. Jetzt legte sie ihre Hand auf seine Schulter. »Glaub mir, es wird dir besser gehen, wenn du es sagst!«

Jackie war gespannt wie ein Flitzebogen. Würde Jori jetzt endlich verraten, was hinter seiner Traurigkeit steckte?

Jori atmete tief durch: »Gut ... Im Grunde ist ja sowieso schon alles egal ... Also, ich habe Helma geheiratet, und wir haben uns sehr gut verstanden. Wir haben uns so gut ergänzt! Sie war immer fröhlich und voller Energie. Ich war so glücklich, das kannst du dir nicht vorstellen! Ich hätte die Welt umarmen können, jeden Tag neu! Ich hatte längst nicht mehr damit gerechnet, noch eine so tolle Frau zu bekommen – und dann lief alles so gut mit Helma! Unser Glück war nahezu perfekt, als sie dann auch noch schwanger wurde ...« Jori machte eine Pause.

»Und dann?«, fragte Mama.

»Dann kam der Herbst. Ein sehr milder Herbst. Und da machte ich den größten Fehler meines Lebens ...« Wieder machte Jori eine Pause. Jackie spürte, wie schwer ihm das Reden fiel. Sie konnte die Spannung kaum noch ertragen. Was hatte Jori wohl so Schlimmes angestellt?

18 | WIE EIN BUMERANG

»Helma bat mich fast jeden Tag, endlich die neuen Winterreifen auf ihr Auto aufzuziehen, weil es doch schon Anfang November war ...«, fuhr Jori schließlich fort. »Sie war damals im sechsten Monat schwanger ... Sie fuhr immer noch mit Sommerreifen, mit ziemlich abgefahrenen sogar ... Aber es war ja so mild ... Ich hatte keine Lust dazu, die Winterreifen aufzuziehen und suchte ständig neue Ausreden ... Ich dachte immer: ›Bei diesen Temperaturen kommt es doch auf einen Tag nicht drauf an! Morgen kann ich das auch noch machen!‹ Helma lag mir ständig damit in den Ohren, und das nervte mich. Sie war jemand, der immer auf Nummer Sicher ging ... Und vielleicht auch ein bisschen aus Trotz zog ich die Reifen einfach nicht auf ... Einmal sagte sie zu mir: ›Wenn es jetzt gefriert und ich einen Unfall baue, dann bist *du* schuld!‹ Ich habe nur gelächelt, ich Idiot ... Und dann kam plötzlich ganz unerwartet der Wintereinbruch über Nacht. Alles war zugefroren. Es war an einem Samstag. Ich wollte an diesem Morgen einen Freund aus der Gemeinde zum Geburtstag besuchen ... Ich versprach Helma deswegen, die Reifen gleich nach dem Geburtstagsbesuch aufzuziehen ...« Jori stockte erneut und ein paar Tränen liefen über sein Gesicht. Mama nahm ihn in den Arm.

»Ich wollte es nicht, Karin! Ich wollte das doch nicht!«, schluchzte er nun. »Ich wollte den Unfall nicht! Ich wusste nicht, dass sie an diesem Morgen zu ihrer

Mutter fahren würde! Meine Schwiegermutter hat an diesem Morgen angerufen und sie gebeten zu kommen, um ihr bei etwas zu helfen ... Da fuhr sie ... Und dann kam dieser Lastwagen ... und sie fuhr mit voller Wucht hinein!« Joris Stimme erstickte an seinen Tränen.

Jackie war wie erstarrt. Noch nie hatte sie einen erwachsenen Mann so sehr weinen sehen. Mama hielt Jori noch immer halb im Arm. »Sie ist ... frontal gegen einen LKW geprallt! Sie und das Baby waren auf der Stelle tot! Ich wollte das nicht! Ich ... Ich bin schuld! Ich habe sie umgebracht! – Die Polizei sagte später, mit guten Winterreifen wäre dieser Unfall höchstwahrscheinlich nicht passiert ... Sie ist auf gerader Straße einfach in den LKW gerutscht ... Und ich bin schuld! Verstehst du? Ich habe meine Frau und mein Kind auf dem Gewissen! Weil ich zu faul war, ihr die Winterreifen aufzuziehen! Deshalb mussten sie sterben! Nur deshalb! – Jede Nacht stelle ich mir vor, wie es gewesen sein muss, als der LKW auf sie zukam und sie nichts mehr tun konnte! Und jede Nacht höre ich, wie sie sagt: ›Wenn es jetzt gefriert und ich einen Unfall baue, dann bist du schuld!‹ Ich habe ihr diese dämlichen Reifen nicht aufgezogen ... Ich hatte immer eine Ausrede ... Ich würde alles tun, um die Zeit zurückzudrehen, ich würde ihr alle Winterreifen der Welt aufziehen ... Ich wäre lieber selbst gegen den LKW geprallt ... Aber ich kann nichts mehr tun ... Es ist zu spät ... einfach zu spät! – Warum musste Gott mir meine Helma durch so einen grausamen Unfall wegnehmen? Das habe ich mich immer wieder gefragt ... Warum gerade Helma? Und warum musste ich an ihr so schuldig werden? – Karin, ich habe so mit Jesus gestritten, ich habe ihn angeschrien ... Ich wollte nichts mehr mit ihm zu tun haben, weil er mir das Liebste genommen hat, was ich je hatte ... Und jetzt ist es zu spät! Alles ist zu spät!« Jori war völlig in sich zusammengefallen und konnte sich gar nicht mehr beruhigen. Er weinte und weinte. Mama saß daneben, hielt ihn im Arm und sagte nichts. Gar nichts. Wahrscheinlich fühlte sie sich in diesem Moment genauso hilflos wie Jackie. Der war mittlerweile ebenfalls zum Heulen zumute, als sie ihren Freund Jori so verzweifelt dort sitzen sah. Es war kaum noch mit anzusehen. Jackie beschloss, wieder nach Hause zu fahren, bevor sie vielleicht doch noch entdeckt wurde.

Zu Hause setzte sich Jackie auf ihr Bett und stützte den Kopf in die Hände. Jori tat ihr unendlich Leid! Wenn sie ihm bloß irgendwie helfen könnte! Irgendwie. Sie konnte so gut verstehen, dass es für Jori eine furchtbare Belastung sein musste, den Tod seiner Frau indirekt mitverschuldet zu haben. Besonders, weil er sie doch so geliebt hatte! Jetzt konnte Jackie auch nachvollziehen, warum er sich keine Freude mehr gönnen wollte. Sie seufzte. Wenn sie nur irgendetwas für ihn tun könnte! Aber sie konnte ihm diese Schuldgefühle ja auch nicht abnehmen. Da fiel ihr Blick auf das Bild an der Wand, das einen Hirten mit seiner Schafherde zeigte. Unwillkürlich musste sie an das denken, was Felix im Jugendkreis von Jesus erzählt hatte. Was hatte er doch gleich gesagt? »Im Johannes-Evangelium Kapitel 10, Vers 11 sagt Jesus: ›Ich bin der gute Hirte. Der gute Hirte setzt sein Leben für die Schafe ein.‹ Und genau das hat Jesus ja für uns getan. Er starb stellvertretend für uns am Kreuz, obwohl er völlig unschuldig war, damit Gott uns für unsere Schuld nicht mehr bestraft und uns unsere Schuld nicht mehr belasten muss! Weil Jesus aus Liebe für uns starb, kann uns unsere Schuld nicht mehr von Gott trennen, und wir können durch seine Vergebung wirklich frei und glücklich werden!« Ob Jesus einen wohl auch von so einer großen Schuld befreien konnte? Und ob man dann glücklich war?

Jackie dachte an ihre Mutter. Sie schien wirklich glücklich geworden zu sein, weil sie jetzt wieder an Jesus glaubte ... Andererseits: Hatte nicht gerade Jesus Jori so unglücklich werden lassen, weil er seine Frau bei dem Unfall sterben ließ? Jackie dachte an die Worte von Felix: »In der Bibel steht, dass Gottes Gedanken viel, viel höher sind als unsere Gedanken und dass wir Menschen seine Pläne niemals durchschauen können, egal, wie schlau wir sind! Vieles werden wir erst verstehen, wenn wir nach unserem Tod einmal bei Gott im Himmel sind. Aber wir können uns fest darauf verlassen, dass Gott nichts tut oder zulässt, was nicht gut für uns ist, wenn wir uns fest an ihn halten! – Ich habe mich auch oft gefragt, warum Gott dieses oder jenes in meinem Leben zuließ. Manchmal habe ich erst später gemerkt, dass manche harten Zeiten wohl nötig waren, damit ich etwas Bestimmtes lerne oder – um mich zu prägen.« Ob Jesus Jori durch diesen Unfall irgendetwas klar machen wollte oder so ...? Jackie seufzte. Es fiel ihr schwer zu akzeptieren, dass ein Gott, der so grausame Dinge zuließ, die Menschen lieben sollte. Eins stand jedoch fest: Felix und Mama machten einen viel glücklicheren Eindruck als Jori, obwohl die beiden auch schon einige harte Zeiten hinter sich hatten. Jackie dachte daran, wie Mama vor einigen Jahren Oma Christel noch gepflegt hatte, bevor diese ins Heim gekommen war – das war echt nicht einfach gewesen. Oder als Mama im Job über Monate hinweg total fies gemobbt worden war, bis sie schließlich sogar psychothera-peutische Hilfe gebraucht hatte. Trotzdem glaubte Mama offenbar daran, dass Jesus sie liebte, und das schien sie glücklich zu machen. Vielleicht würde Jori das auch glück-lich machen, wenn er wieder an Jesus glaubte ...? Einen Ver-such war es doch wert, denn schlechter konnte es ihm doch sowieso kaum noch gehen! Vielleicht sollte man ihm ein-fach noch einmal sagen, dass das in der Bibel stand, dass Jesus sich freute, wenn man wieder zu ihm zurückkam. Mama hatte das anscheinend auch erst kapiert, als sie Joris Brief noch einmal gelesen hatte ... Moment mal! Der Brief! Das wars doch!

Jackie sprang auf und kramte den Brief noch einmal hervor. Wenn man jetzt einfach ...? Ja, das konnte viel-leicht funktionieren! Jackie würde aus diesem Brief eine Art Bumerang machen, denn wie ein solcher würde er zu Jori zurückkehren! Wie gut, dass sie ihren bestens ausge-statteten Laptop mit dabei hatte! Und Onkel Arne hatte sicher nichts dagegen, wenn sie mal seinen Computer und Drucker benutzte! Also, dann nichts wie ran!

Jetzt konnte Jackie nichts mehr aufhalten. Mit eini-gen Tricks schaffte sie es, den Brief von Jori an Mama so umzuschreiben, dass er auf seine Situation passte und doch dem Original noch sehr ähnlich war – und der Brief stand da in seiner Handschrift! Jackie hoffte inständig, dass dieser Trick bei Jori so einen Gedanken auslösen würde wie: »Du hast es anderen geschrieben und glaubst es selbst nicht? Wenn Jesus Karin wieder annahm, warum sollte er dann dich nun nicht mehr wollen?« Es dauerte eine ganze Weile, bis Jackie ihren Brief an Jori optimal hinbekommen hatte, ohne dass es wie eine Fäl-schung aussah. Sie druckte ihn aus und las ihn.

»Lieber Jori,

nun kennst du mich schon so lange und hast doch immer noch Zweifel daran, dass ich dich liebe, mehr liebe als jeder andere. Das macht mich traurig und deshalb möchte ich dir in diesem Brief noch einmal sagen, was du mir bedeutest. Du bedeutest mir so unendlich viel, als wärst du der einzige Mensch auf dieser Welt. Ich will immer für dich da sein, dein ganzes Leben mit dir teilen. Bitte komm zu mir zurück! Ich vergebe dir alles, was du getan hast. Ich liebe dich trotz allem immer noch, auch wenn du mir das vielleicht nicht glaubst. Ich weiß, es ist schwer zu verstehen, aber ich versichere dir: Ich habe nie aufgehört, dich zu lieben, was auch immer vorgefallen ist! Es hat mich sehr traurig gemacht, was du getan hast, ja, aber ich lasse dich deshalb nicht hängen. Vertrau mir und fang noch einmal neu mit mir an! Mach jetzt nicht einen ganz großen Fehler, den du vielleicht einmal sehr bereuen wirst! Überleg dir gut, ob du wirklich dein ganzes Leben ohne mich verbringen willst! Hast du nicht so viele gute, ja unglaubliche Dinge mit mir erlebt? Hast du nicht hundertfach gesehen, dass ich immer zu dir halte, egal, was passiert? Willst du das alles nicht wiederhaben? Es ist deine Entscheidung, und die kann dir niemand abnehmen. Aber es ist ganz sicher eine der wichtigsten Entscheidungen deines Lebens. Also denk gut darüber nach. Egal, wie du dich auch entscheidest: Ich werde nie aufhören, dich zu lieben, und ich werde darauf warten, dass du zu mir zurückkommst.

In herzlicher Liebe,

dein Freund Jesus«

Jackie grinste. Sie war mit ihrer Arbeit zufrieden. Wie Jori wohl auf diesen Brief reagieren würde?

»Jackie?«, hörte sie da ihre Mutter rufen, die offenbar gerade nach Hause gekommen war. Jackie ging in den Flur.

»Hier bin ich! Wie war es bei Jori?«, fragte sie.

Mama seufzte. »Ich bin ziemlich fertig, wenn du es genau wissen willst. Jori ist so anders geworden ... so in seiner Trauer gefangen. Er hat einen großen Fehler gemacht, und dadurch kam es bei seiner Frau zu einem tödlichen Unfall ...«

»Ich weiß! Ich habe es zufällig gehört ... Ich wollte dir nachfahren und dann habe ich euch im Garten reden gehört. Aber das war reiner Zufall, ehrlich! Na ja, jedenfalls habe ich das von dem Unfall und den Autoreifen alles mitgekriegt. Aber ich wollte nicht stören, deshalb habe ich mich dann wieder verkrümelt ...«, gestand Jackie.

»Tja, dann weißt du ja Bescheid. Ich habe echt mit Engelszungen geredet und versucht, ihm klar zu machen, dass ... dass das jedem hätte passieren können ... und dass Jesus ihm vergibt und seine Mitmenschen auch – aber er wird damit einfach nicht fertig. Er kann sich selbst nicht vergeben! Er tut mir so wahnsinnig Leid!«, sagte Mama.

»Mir auch«, stimmte Jackie zu, während sich die beiden in die Küche setzten.

»Weißt du, ich bin Jori so dankbar, dass ich durch ihn wieder zu Jesus zurückgefunden habe – wenn auch erst sehr spät. Und jetzt muss ich sehen, dass Jori noch viel weiter unten ist, als ich es war, und ich weiß nicht, wie ich ihm helfen soll! Das macht mich wirklich fertig! Wenn ich nur eine Idee hätte!« Mama stützte den Kopf auf die Hände.

»*Ich* hatte vorhin eine Idee. Ich weiß nicht, ob sie wirklich gut ist, aber vielleicht ja doch ...«, grinste Jackie. »Warte mal!« Sie sauste in ihr Zimmer und holte den Brief, den sie für Jori geschrieben hatte. Stolz präsentierte sie ihn ihrer Mutter.

»Na, was hältst du davon?«, grinste sie. Mama las ihn und war zunächst erstaunt, dann lächelte sie.

»Manchmal bist du richtig genial, meine Große«, grinste sie. »Bin ja gespannt, wie Jori darauf reagiert!«

Jackie strahlte: »Ich auch! Ich hoffe echt, dass ihm dieser Brief irgendwie hilft.«

»Einen Versuch ist es auf jeden Fall wert!«, meinte Mama. »Und dann können wir nur noch beten!«

»Ach, das überlasse ich lieber dir! Ich weiß nicht, ob ich überhaupt an Gott und Jesus glaube ... Ich kann irgendwie nicht so ganz kapieren, wieso Jesus zulässt, dass Joris Frau stirbt, wenn er ihn angeblich liebt ... Aber ich dachte, wenn es *dich* wieder so glücklich gemacht hat, an ihn zu glauben ... Na ja, vielleicht hilft das Jori dann auch«, erwiderte Jackie.

»Nicht der Glaube hilft uns, Jackie, sondern Jesus selbst ... Auch wenn ich ebenfalls nicht verstehe, warum das mit Helma so passieren musste. Aber weißt du, als ich damals mit Jori zusammen den Jugendkreis leitete, gab es manchmal auch ziemlich große Probleme. Nicht zwischen uns, sondern mit einigen Jugendlichen. Es gab da drei sehr schwierige Teenager im Dorf, die ständig versuchten, uns die Jugendstunden kaputtzumachen. Mit voller Absicht, um uns zu ärgern! Jori und ich haben dann immer wieder für diese Jungs gebetet. Aber es schien erst mal gar nichts zu helfen. Im Gegenteil, besonders einer dieser Kerle machte uns das Leben zur Hölle, auch privat. Er warf Stinkbomben in unseren Gemeindesaal, kippte Jogurt in unsere

Briefkästen und versuchte ständig, andere gegen uns aufzuhetzen. Und das war noch harmlos ... Na ja, eines Tages stand fest: Gerade dieser Junge hatte Leukämie. Jori und ich haben ihn im Krankenhaus besucht, immer wieder. Und da war dieses Großmaul plötzlich nur noch ein Häufchen Elend. Wir haben dann unheimlich gute, lange Gespräche mit ihm führen können – etwas, das wir uns nie erträumt hätten. Und irgendwie hat es seine Freunde wohl auch beeindruckt, dass ausgerechnet Jori und ich ihn besucht haben. Der Junge wurde dann wieder gesund und kam von da an in unsere Jugendstunden und hörte einfach zu. Irgendwann wollte er dann auch Christ werden. So gebrauchte Jesus offenbar diese Krankheit, um diesen Jungen zu ihm zu führen. Er heißt übrigens Felix und leitet heute den Jugendkreis in Waching. Ich glaube, du kennst ihn schon, oder?«, erzählte Mama.

»Felix? Der war mal so mies drauf? Das hätte ich nie von ihm gedacht! Der ist doch total nett!« Jackie war mehr als erstaunt.

»Tja, Jesus kann Menschen halt verändern. Oft gerade durch sehr schwierige Zeiten und Ereignisse!«, lächelte Mama. »Und ich hoffe sehr, dass er Jori auch noch einmal verändert und zurückholt.«

»Hoffe ich auch ... wenn Jori dadurch glücklicher wird ...«, seufzte Jackie. »Übrigens, was ich dich noch fragen wollte: Dass du mich Jorine genannt hast ... hat das was mit Jori zu tun?«

»Na ja, vielleicht ein bisschen. Als du geboren wurdest, bekam die Ehe mit Papa schon die ersten Schönheitsfehler, und ich merkte, dass ... also, dass mir die Gemeinde doch sehr fehlte und Jori wohl Recht gehabt hatte. Aber das wollte ich mir natürlich nicht eingeste hen. Ich war da ein ziemlicher Sturkopf. Aber ich muss zugeben, dass ich oft an Jori gedacht habe und es mir Leid tat, dass ich seine Ratschläge so abgeschmettert hatte, wo er es doch nur gut mit mir meinte. Na ja, vielleicht habe ich dich Jorine genannt, weil ... nun, irgendwie als Entschädigung oder Erinnerung oder so ... Ich kann das schlecht erklären ...«, gab Mama zu.

»Hm ... Warst du eigentlich mal in Jori *verknallt*?«, fragte Jackie nun frei heraus.

»Nein, verknallt nicht. Nicht so richtig jedenfalls. Aber Jori war für mich mehr als ein Mitarbeiter. Er war mein Vorbild und ... tja, vielleicht so etwas wie ein lieber, großer Bruder! Ich konnte mit ihm über alles reden und wir haben viel zusammen erlebt ... auf Freizeiten, aber auch sonst. Er war jemand, den man einfach schrecklich gern haben musste, verstehst du?« Jackie nickte. Das sah sie genauso, Jori war ein klasse Typ.

»Tja, mal was anderes: Hast du schon Mittag gegessen?«, wechselte Mama nun das Thema.

»Nee, dazu bin ich noch gar nicht gekommen. Onkel Arne isst wahrscheinlich wieder auf dem Feld. Der arbeitet fast immer durch und nimmt sich nur ein paar Brote zu essen mit«, erklärte Jackie.

»Ja, ich weiß, er muss das gute Wetter nutzen. In zwei Tagen soll es ja richtig stark regnen ... Also, ich habe auch noch nichts gegessen. Was hältst du davon, wenn wir in irgendein nettes Restaurant essen gehen?«, schlug Mama vor.

»Coole Idee! Aber meinst du, hier in der Gegend gibt es überhaupt ein Restaurant?«, zweifelte Jackie.

»Na klar. In Kriptel gibt es sogar ein chinesisches Restaurant. Also, hast du Lust?«

»Klar! Und wie! Und auf dem Weg kann ich gleich den Brief in Joris Briefkasten werfen!«, meinte Jackie.

»Gut. Also, dann lass uns gehen!«

Das Essen mit Mama war toll. So locker hatten sie schon lange nicht mehr miteinander geredet. Und es war richtig krass, was Mama schon alles mit Jesus erlebt hatte! Einfach irre, dass man mit Jesus offenbar wirklich Sachen erlebte, die nahezu unglaublich waren! Doch so sehr Jackie das alles auch beeindruckte, noch viel mehr beschäftigte sie eine Frage: Wie würde Jori wohl auf den Brief reagieren?

19 | WARTEN AUF JORI

Jackie sah aus dem Fenster über die Wiesen und Felder, die in der Morgensonne wohltuend beruhigend wirkten. Richtig romantisch sah das aus! Heute war sie ausnahmsweise schon sehr früh aufgewacht. Überhaupt hatte sie ziemlich unruhig geschlafen. Wie schon gestern und vorgestern auch. Kein Wunder! Jori hatte sich noch immer nicht gemeldet. Dabei musste er doch wissen, wer ihm diesen Brief in den Briefkasten gesteckt hatte! Der konnte sich doch denken, dass dafür nur sie infrage kam, oder? Jori war ja schließlich nicht blöd! Aber warum reagierte er nicht darauf? Hatte er den Brief vielleicht noch gar nicht entdeckt, weil er so selten Post bekam, dass er gar nicht erst jeden Tag in den Briefkasten schaute? Oder hatte ihn dieser Brief vielleicht wütend gemacht und er wollte nichts mehr mit Jackie zu tun haben? Oder hatte Jori ihn vielleicht einfach als einen dummen Scherz angesehen und ihn gleich in den Papierkorb geworfen? Vielleicht hatte er auch nur Jackies Handy-Nummer verloren und traute sich nicht zu Onkel Arne auf den Hof, weil er Angst vor Kühen hatte oder so ... War doch möglich, oder? All diese Fragen beschäftigten Jackie nun. Natürlich wäre es kein Problem gewesen, einfach mit dem Fahrrad zu Jori zu fahren und ihn zu fragen, was er von dem Brief hielt. Aber Jackie traute sich nicht. Sie wusste selbst nicht, warum. Irgendwie hatte sie Angst, dass der Brief von Jori vielleicht nicht so gut aufgenommen worden war, wie sie es gehofft hatte. Außerdem wollte sie nicht aufdringlich wirken. Gestern Abend hatte Mama, die vorgestern Abend noch nach Hause gefahren war, wieder angerufen. Mehr als zwei Tage Urlaub hatte sie auf die Schnelle nicht nehmen können. Doch sie rief jeden Tag an und fragte, ob es schon »was Neues« gab. Jackie seufzte und fuhr sich mit der Hand durch ihre langen Haare. Lange hielt sie diese Anspannung nicht mehr aus. Hoffentlich meldete sich Jori heute endlich! – Vielleicht würde er ja auch mit ihr über den Brief sprechen, wenn er sie zufällig irgendwo traf? Zum Beispiel, wenn er zum Friedhof ging und Jackie rein zufällig gerade eine Fahrradtour machte ... Die Idee war gar nicht so schlecht ...!

Eine knappe Stunde später war Jackie bereits in Bletau angekommen. Zielstrebig fuhr sie zum Friedhof. Sie stellte ihr Fahrrad ab und ging zu Helmas Grab. Neben den Geburts- und Sterbedaten war in den sehr edel wirkenden Grabstein noch ein Kreuz eingemeißelt worden. Das Grab war mit wunderschönen Blumen bepflanzt. Jackie schaute sich um. Von Jori war weit und breit nichts zu sehen. Na ja, es war ja auch noch nicht allzu spät. Jackie setzte sich auf eine Bank und wartete. Sie ließ ihren Blick über die vielen Gräber streifen. Im Vergleich zu dem Friedhof in Hamburg, auf dem ihr Opa lag, war dieser Friedhof wirklich sehr überschaubar. Auf einigen Grabsteinen waren Sprüche zu lesen wie »Meine Zeit steht in deinen Händen« oder »Meine Hilfe steht im Namen des Herrn«. Offenbar gab es hier doch noch etliche Leute, die an Gott glaubten. Wieder einmal ließ Jackie all die Gespräche der letzten Wochen an ihrem geistigen Auge vorbeiziehen. In dieser kurzen Zeit hatte sich so viel verändert. Ihr Leben war fast etwas durcheinander geraten. Sie musste zugeben, dass all das, was sie über Gott und Jesus gehört hatte, sie neugierig gemacht hatte. Manchmal wünschte sie sich fast, sie könnte auch etwas mit Jesus erleben, um sicher zu sein, dass es ihn gab. Felix hatte gestern, als sie ihn getroffen hatte, unter anderem gesagt, dass Jesus auch nach ihr, Jackie, suche und sie so sehr lieben würde, dass sie den Brief für Jori (von dem sie Felix erzählt hatte), auch so formulieren konnte, dass er auf sie selbst zutraf. Auf diesen Gedanken war Jackie noch gar nicht gekommen und konnte das auch nur schwer glauben. Jesus legte auf sie bestimmt keinen großen Wert, oder? Warum sollte er auch? Sie hatte sich ja auch noch nie um *ihn* gekümmert! Wenn Jesus wirklich auch ihr Freund sein wollte und sie liebte – dann sollte er ihr das beweisen! Genau!

»Jesus, wenn es dich gibt und du mich liebst ... dann zeig mir das! Dann lass etwas passieren, dass mir klar wird, dass ich für dich wichtig bin, ja?«, murmelte sie. Ob das jetzt ein Gebet war? Vermutlich nicht, oder? Na ja, wahrscheinlich würde sich Jesus eh nicht auf so etwas einlassen ...

Jackie atmete die frische Luft tief ein. Was Jori wohl sagen würde, wenn er jetzt käme? Hm ... Irgendwie sah das so aus, als wollte sie ihn abpassen – was natürlich stimmte, aber das sollte er ja nicht vermuten. Wahrscheinlich war es eine dämliche Idee, hier auf ihn zu warten. Jackie stand auf und beschloss, lieber noch etwas herumzufahren. Vielleicht hatte sie ja Glück und traf Jori unterwegs.

Sie war gerade wieder auf ihr Fahrrad gestiegen, als es zu regnen begann. Und zwar richtig! So ein Mist! Jackie trat in die Pedale. Der Regen wurde immer stärker. Da kam ihr eine Idee. Eigentlich war dieser Regen genau das, was sie jetzt brauchte!

Schnell fuhr sie zu Joris Haus. Jetzt hatte sie doch eine wirklich einleuchtende Erklärung, warum sie ihn besuchen musste.

Sie klingelte Sturm. Es dauerte nicht lange, da öffnete Jori.

»Du?«, fragte er etwas erstaunt.

»Ich war gerade mit dem Rad unterwegs, und auf einmal fing es an zu regnen! Kann ich reinkommen?«, fragte Jackie schon halb durchnässt.

»Na klar!« Jackie folgte Jori in dessen Arbeitszimmer und setzte sich auf einen Stuhl. »Ein Wetter wie im April«, meinte sie.

»Ja, da hast du Recht. Brauchst du ein Handtuch?«, fragte Jori.

»Nee, geht schon!«, wehrte Jackie ab.

»Tja, ich bin gerade bei der Arbeit, wie du siehst«, meinte Jori und deutete auf seinen Computer, an dem er offenbar gerade eine neue Homepage erstellte.

»Lass dich nicht stören, mach ruhig weiter. Ich wollte nur warten, bis der Regen vorbei ist«, erklärte Jackie.

»Na ja, eine kleine Pause wäre für mich eh ganz angebracht«, entgegnete Jori und stellte den Computer ab. »Wie gehts dir denn? Ich hatte gar nicht erwartet, dass du überhaupt noch hier bist. Wolltest du nicht schon vor ein paar Tagen wieder nach Hause fahren?«

»Doch, aber ... ich habe es mir noch mal anders überlegt ...«, antwortete Jackie. Insgeheim wartete sie darauf, dass Jori endlich auf den Brief zu sprechen kam.

»Ist deine Mutter auch noch hier?«, fragte er nun.

»Nee, die muss wieder arbeiten. Aber wir telefonieren oft miteinander. Ich soll dich übrigens von ihr grüßen«, erwiderte Jackie.

»Danke, grüß sie mal zurück!«

»Mach ich.«

»Tja ...«, sagte Jori nur. Offenbar wusste er nicht mehr so recht, was er sagen sollte. Jackie ging es ähnlich. So schwiegen beide eine Weile. Warum sagte Jori denn bloß nichts von dem Brief? Er hatte ihn doch inzwischen garantiert gelesen! Dann musste sie halt selbst das Thema irgendwie auf den Brief lenken. So ganz unauffällig ...

»Irgendwie finde ich das echt stark, dass Mama jetzt wieder Christin ist. Sie macht seitdem einen richtig glücklichen Eindruck! Und das hast alles du bewirkt durch deinen Brief von damals!«, sagte Jackie. So, jetzt würde er bestimmt drauf anspringen!

Jori lächelte. »Es freut mich, dass es deiner Mutter jetzt so gut geht!«, sagte er nur. Dann sah er aus dem Fenster und meinte: »Es regnet immer noch! Na ja, nach der langen Trockenzeit ist das ganz gut!«

Jackie seufzte innerlich. Jori versuchte offenbar, vom Thema wegzukommen. Dann musste sie es eben anders versuchen.

»Ich war Montag wieder im Jugendkreis. War echt lustig! Felix hatte sein Portmonee verloren, und das haben wir dann alle gesucht! Der war schon richtig verzweifelt!«, erzählte Jackie nun.

»Habt ihr es denn gefunden?«, erkundigte sich Jori.

»Ja, und Felix ist da nur so durch die Gegend gehüpft vor Freude! Echt abgefahren! Und dann hat er uns gesagt, dass Gott nach uns noch viel mehr sucht als er nach seinem Portmonee. Und dass Jesus uns so liebt, dass er alles für uns tun würde. So wie ein guter Hirte für seine Schafe. Und dass er uns immer wieder vergibt, egal, was wir gemacht haben! Also im Prinzip das, was du auch in deinem Brief geschrieben hast!«, meinte Jackie. Ob er jetzt endlich über den Brief redete? Noch deutlicher konnte man doch kaum auf das Thema Brief zusteuern, oder?

»Es gefällt dir wohl ganz gut im Jugendkreis, was?«, sagte Jori nur. Offenbar wollte er partout nicht über den Brief reden! Oder er war oberoberbegriffsstutzig! Aber Jackie wäre nicht Jackie gewesen, wenn sie das zum Aufgeben gebracht hätte. Sie konnte sehr stur sein – da war sie ganz die Mutter.

»Hm, ist ganz cool da«, antwortete sie. »Ich habe hinterher noch mit Felix über Jesus geredet. Darüber, wie Jesus uns liebt. Ich finde das schon voll krass, dass er sogar für den ganzen Kram, der bei uns schief läuft, gestorben ist! Also, das mit der Kreuzigung und so ... Felix hat gesagt, dass dadurch jetzt jeder Gottes Freund werden kann und dass Jesus uns unsere Schuld abnimmt, sodass die uns nicht mehr belasten muss ... Und er meinte auch, dass man dann frei und glücklich wird ... Glaubst du das auch, Jori?« So, nun musste er Stellung beziehen!

Jori atmete tief durch. Dann sah er zum Fenster hinaus. »Ich glaube, der Regen hat aufgehört, Jackie!«, meinte er. »Sei mir nicht böse, aber ich habe heute wirklich noch viel zu tun! Ich glaube, es ist besser, wenn du jetzt gehst.«

Jackie seufzte. Jori war echt verbohrt.

»Okay«, sagte sie, »dann gehe ich eben.« In der Tür blieb sie noch einmal stehen. Sie wusste selbst nicht warum, aber plötzlich hörte sie sich sagen: »Wie lange willst du Jesus eigentlich noch davonlaufen, Jori? Wenn er sogar für dich gestorben ist, dann hat er dich doch mindestens so lieb wie du deine Frau hattest! Warum tust du dir und Jesus das an? Ich wette, Jesus sucht schon längst nach dir wie dieser Hirte in der Bibel nach seinem verlorenen Schaf! Jesus liebt dich doch so, dass er alles andere für dich stehen lassen würde! Und ich schätze mal, dass du nicht glücklich wirst, bis du dich finden lässt!«

Jori stand wie erstarrt da und sah sie an. Diese Worte schienen ihn getroffen zu haben.

»Geh jetzt ... Bitte!«, presste er schließlich hervor.

Jackie wollte noch etwas sagen, aber sie brachte kein Wort mehr heraus. So lief sie hinaus und fuhr mit dem Fahrrad davon.

Erst unterwegs überlegte sie, was sie da eben eigentlich gesagt hatte. War das nicht total bescheuert gewesen? Wie konnte sie Jori so vorwurfsvoll ansprechen? Dazu hatte sie doch überhaupt kein Recht! Sie war schließlich nicht sein persönlicher Pastor oder Seelenklempner! Jetzt hatte Jori bestimmt die Nase voll von ihr! So ein Mist aber auch! Warum machte sie bloß immer alles falsch! Sie hätte sich zum Mond schießen können.

Zu Hause angekommen warf sie sich auf ihr Bett und überlegte, was sie nun tun sollte. Sollte sie noch einmal zu Jori fahren und sich entschuldigen? Oder ihn anrufen? Vielleicht war das gar keine schlechte Idee ... Doch irgendetwas hielt sie davon ab, diese Idee in die Tat umzusetzen. Was Jori jetzt wohl dachte? Na ja, wahrscheinlich ärgerte er sich nur über sie und ihr »Möchtegern-Pastoren-Gehabe«. Konnte man ihm nicht übel nehmen. Jackie seufzte. Warum musste sie auch immer alles übertreiben? Es war manchmal schon nicht so leicht, wenn man die Gene seiner Mutter hatte ...! Was konnte sie jetzt noch tun? Sie sah zum Fenster und grübelte. Plötzlich kam ihr eine Idee. Jetzt gab es nur noch einen Ausweg.

20 | EIN ENGEL

Jackie klingelte Sturm, doch es dauerte eine ganze Weile, bis ihr geöffnet wurde.

»Hallo!«, begrüßte sie eine junge Frau.

»Hallo, ist Felix da?«, fragte Jackie.

»Nein, tut mir Leid, der ist zur Arbeit. Soll ich ihm etwas ausrichten?«, bot die Frau an.

»Nee, ich wollte etwas mit ihm besprechen. Ich habe großen Mist gebaut, und ich dachte, er kann mir vielleicht helfen«, erklärte Jackie etwas zerknirscht.

»Um was geht es denn? Vielleicht kann *ich* dir ja auch helfen«, meinte die Frau nun.

»Tja, ich weiß nicht ... Kennen Sie Jori Janssen?«, fragte Jackie nun.

»Jori? Ja, natürlich. Ach, bist du vielleicht diese Jackie, die sich neuerdings um Jori kümmert?«

»Äh ... ja«, antwortete Jackie etwas verblüfft.

»Dann weiß ich Bescheid. Felix hat mir schon von dir erzählt. Aber keine Angst, das Ganze bleibt unter uns. Also, wenn du magst, komm doch rein und erzähl mir, was passiert ist. Ich bin übrigens Anne, Felix' Frau«, stellte sich die Frau vor und lächelte.

Jackie zögerte kurz, dann folgte sie Anne in ein gemütlich wirkendes, kleines Wohnzimmer.

»Setz dich doch! Magst du vielleicht ein paar Kekse und ein bisschen Saft?«, fragte Anne freundlich.

»Ja, gerne«, erwiderte Jackie. Die schien echt nett zu sein, diese Anne. Na ja, Felix war ja auch ein netter Typ.

Anne holte nun Kekse und Saft und stellte beides auf den Tisch. Dann setzte sie sich Jackie schräg gegenüber an den Couch-Tisch. »Also, dann schieß mal los. Was hast du denn auf dem Herzen?«, forderte sie Jackie nun auf.

»Tja, also ... Ich glaube, ich habs ziemlich versemmelt ... das mit Jori, meine ich«, begann Jackie und erzählte nun der Reihe nach, was passiert war. Sicherheitshalber fing sie mit ihrem Bericht ganz von vorne an bei der Stelle, als sie den Brief auf dem Dachboden gefunden hatte. Anne hörte ruhig zu und meinte schließlich: »Also, ich finde das gar nicht so schlimm, was du zu Jori gesagt hast. Eigentlich ist es doch die Wahrheit. Vielleicht bringt das Jori sogar zum Nachdenken ... Das wäre einfach zu schön, wenn er noch einmal den Weg zurück zu Jesus und zur Gemeinde finden würde! Er fehlt uns allen richtig! Weißt du, Jori ist ein ganz besonderer Mensch. Er war irgendwie immer für alle Leute da, und er hatte so eine liebevolle, einfühlsame Art, wie man sie nur ganz selten bei Menschen findet. Jori schaffte es auch, mit den schwierigsten Typen fertig zu werden, an denen sich andere die Zähne ausbissen. Und er machte es nie mit Härte oder Gewalt, sondern immer mit unglaublich viel Liebe!«

»Ich finde Jori auch supernett!«, stimmte Jackie ihr zu.

»Ja, das ist er wirklich. Felix war zum Beispiel früher so einer, der nichts als Ärger machte. Er war sozusagen der Schrecken des Dorfes. Der hat schon mit zwölf Jahren die Scheune des Nachbars angezündet und solche Sachen! Er hat mir das selbst erzählt. Auf Jori hatte er es besonders abgesehen. Er hat sein Auto von vorne bis hinten zerkratzt und vieles mehr. Doch Jori ist ihm trotzdem immer wieder mit Liebe begegnet! Das war einfach unglaublich! Dann bekam Felix mit 15 Jahren Leukämie, und Jori und eine Mitarbeiterin haben ihn immer wieder besucht! Tja, und das hat Felix so beeindruckt, dass er mehr über den Glauben wissen wollte, der Jori so geprägt hat. Und schließlich wurde Felix auch Christ. Verstehst du jetzt, warum wir Jori so vermissen? Er ist einfach durch keinen zu ersetzen und hat unsere Gemeinde wohl so positiv beeinflusst wie kaum ein anderer! Es ist so wahnsinnig schade, dass er jetzt so verschlossen und verbittert ist«, meinte Anne.

»Und ich habe bestimmt heute alles noch schlimmer gemacht mit meiner blöden, aufdringlichen Art«, seufzte Jackie.

»Nein, bestimmt nicht! Jori weiß sicher, dass du es nur gut meinst! – Weißt du was? Lass uns einfach dafür beten, dass Gott das Beste aus der ganzen Sache macht!«, schlug Anne nun vor.

Beten? Etwa jetzt und hier? Jackie sah sie etwas entsetzt an. »Ähm ... Ich habs nicht so mit Beten und so ... Mach *du* das mal lieber! Auf mich hört Gott sowieso nicht!«, versuchte sich Jackie herauszuwinden.

Anne lächelte: »Gott hört jedem zu, der es ernst meint. Das hat er versprochen. Aber du *musst* natürlich nicht beten, wenn du nicht möchtest. Ich werde auf alle Fälle mit Jesus noch über Jori reden – das machen Felix und ich sowieso oft.« Anne sah auf ihre Uhr. »Du meine Güte, so spät ist es schon? Dann muss ich jetzt gleich los, um unseren Kleinen vom Kindergarten zu holen! Möchtest du mitkommen? Du kannst auch gerne mit uns zusammen Mittag essen. Oder wartet dein Onkel auf dich?«

»Nee, Onkel Arne ist mal wieder unterwegs und hat

mir eine Büchsensuppe hingestellt. Also, wenn du das ernst meinst, komme ich gerne mit!«, antwortete Jackie. Diese Anne war echt nett! Dass die sie einfach zum Essen einlud ...!

»Prima, dann komm! Unsere Sina wird nachher auch noch kommen. Sie ist bei ihrer Freundin. Sina ist sieben Jahre alt und eigentlich eine ganz Liebe«, erklärte Anne, während sie mit Jackie zum Auto ging.

Jackie saß an ihrem Laptop und spielte mal wieder Solitär. In Gedanken war sie noch bei Anne und den Kindern. Den ganzen Nachmittag hatte sie mit dem kleinen Michel und mit Sina gespielt, die davon schwer begeistert gewesen waren. Jackie liebte kleine Kinder und hätte nur allzu gerne noch kleine Geschwister gehabt. So hatte sie das »Angebot« von Anne, sich um die Kinder zu kümmern, liebend gerne angenommen. Anne wollte ihr dafür sogar Geld geben, aber das hatte Jackie abgelehnt. Sie wollte nicht auch noch dafür bezahlt werden, dass sie so viel Spaß hatte. Felix war bis abends noch nicht aufgetaucht, hatte sich aber telefonisch gemeldet und gesagt, er müsse direkt nach der Arbeit dringend noch etwas erledigen. Aber vielleicht konnte sie morgen Abend mit ihm reden. Denn morgen durfte sie wiederkommen und mit den Kindern spielen! Das würde bestimmt lustig werden!

Doch trotz all der schönen Stunden wurde sie einen Gedanken nicht los: Wie ging es Jori jetzt?

Jackie dachte an das, was Anne über das Beten gesagt hatte: »Gott hört jedem zu, der es ernst meint. Das hat er versprochen.« Ob sie es einfach mal versuchen sollte? Wenn das wirklich so war, wie Anne gesagt hatte, dann ... dann war das auf dem Friedhof vielleicht wirklich schon ein Gebet gewesen!

»Gott, also, wenn du mich jetzt hörst ... dann hilf bitte Jori! Ich glaube, er braucht dich, um glücklich zu sein! – Tut mir Leid, dass ich so aufdringlich war, ehrlich! Aber Anne sagt, dass du trotzdem ... das irgendwie so hinbiegen kannst, dass was Gutes daraus wird ... Bitte lass sie Recht haben! Hm ... Amen«, murmelte sie. Ob Gott darauf eingehen würde?

Jackie hatte gerade das Fahrrad aus dem Schuppen geholt, um zu Anne zu fahren, als jemand sie ansprach: »Guten Morgen, Jackie!«

Jackie sah auf. Vor ihr stand Jori und lächelte. Doch irgendetwas war bei ihm anders als sonst.

»Hallo, Jori! Was machst du denn hier?«, fragte Jackie erstaunt. Auf Onkel Arnes Hof war er ja noch nie gekommen.

»Ich möchte mit dir reden«, sagte Jori. »Hast du Zeit?«

»Na klar! Am besten setzen wir uns in die Küche!«, schlug Jackie vor. Sie spürte, wie sie etwas aufgeregt wurde. Was Jori ihr wohl sagen wollte? Aber so nett, wie er lächelte, konnte es wohl nichts Schlimmes sein, oder?

Als die beiden sich an den Küchentisch gesetzt hatten, begann Jori: »Weißt du eigentlich, was du bist, Jackie?«

Jackie sah ihn an. Was meinte er mit dieser Frage? Sie zuckte mit den Schultern.

»Du bist ein Engel!«, behauptete Jori grinsend. Wollte er sie auf den Arm nehmen? Was sollte das?

»Wieso?«, fragte Jackie irritiert.

»Tja ... fangen wir von vorne an ... Also, dieser Unfall

mit Helma damals ... da war ich auch mit dran schuld ...«, begann Jori zögernd.

»Ich weiß. Ich habe es zufällig gehört, als du es Mama in deinem Garten erzählt hast! War aber echt Zufall, das musst du mir glauben!«, beteuerte Jackie.

»Du weißt also schon alles?«, fragte Jori erstaunt. Jackie nickte. »Gut, dann überspringen wir das mal und ich erzähle dir, wie es weiterging, als ich deinen Brief bekam. Das interessiert dich doch sicher, oder?«, meinte Jori augenzwinkernd. Wieder nickte Jackie.

»Also ... der Brief hat mich ganz schön getroffen. War vermutlich auch von dir beabsichtigt, oder?«

»Na ja, ich wollte, dass du weißt, dass Jesus dich noch liebt, weil ich dachte, dass das bestimmt gut für dich wäre ...«, erklärte Jackie.

»War es auch. In mir hat an dem Morgen, als ich deinen Brief las, ein richtiger Gefühlskampf getobt. Einerseits wollte ich zu gerne glauben, was in dem Brief stand ... aber ich konnte es nicht ... Ich konnte einfach nicht mit dem Gedanken leben, dass ... dass mir einfach so vergeben wird ... und dass ich wirklich zu Jesus zurückkommen kann ... Das kam mir ... irgendwie zu einfach vor. Trotzdem hat mich dein Brief nicht mehr losgelassen. Du hast das mit der Schrift übrigens wirklich klasse hingekriegt! – Jedenfalls war ich hin- und hergerissen. Irgendwann habe ich dann gebetet – zum ersten Mal seit fast zwei Jahren – und habe gesagt: ›Herr, wenn du mich noch liebst und mich zurückhaben willst, dann sag mir das ... und schick mir morgen einen Engel oder ... einfach jemanden, der es mir sagt! Direkt ins Gesicht! Dann will ich es glauben!‹«

»Du betest ja komische Sachen!«, meinte Jackie etwas verdutzt.

Jori grinste: »Ich bin manchmal ein seltsamer Typ, ich weiß ... Jedenfalls kamst du dann am nächsten Morgen ... und hast mir genau das gesagt, ganz direkt! Ich war völlig platt, als ich dich das sagen hörte! Gerade von dir hätte ich so etwas überhaupt nicht erwartet, wo du doch eigentlich gar nicht an Gott glaubst, wie du immer sagst. Ich war irgendwie ganz ... überwältigt, dass Gott mir meine Bitte tatsächlich erfüllt hat und mich wieder annehmen wollte! Dann habe ich lange mit Jesus gesprochen und in der Bibel gelesen. Und je länger ich mit ihm sprach, desto mehr spürte ich, wie er mich von meiner Schuld befreite ... so, als würde er eine Zentnerlast von mir nehmen. Jackie, du kannst dir nicht vorstellen, wie befreiend das war! Als ob ich zum ersten Mal wieder frei durchatmen könnte! Ich habe noch mal neu mit Jesus angefangen! Das war, als ob ich endlich wieder aus meiner dunklen Ecke ins Licht kommen würde! Einfach unbeschreiblich schön! Und dann ... dann dachte ich plötzlich an Felix, der den Jugendkreis leitet. Der hat ja damals immer wieder versucht, Kontakt zu mir zu bekommen und mir zu helfen. Und da dachte ich, dass er mir vielleicht jetzt helfen kann, wieder in die Gemeinde zurückzufinden. Deshalb habe ich ihn dann angerufen ... und er kam gleich nach der Arbeit zu mir und hat sich unheimlich mit mir gefreut!«

»Ach, bei *dir* war Felix!«, meinte Jackie. »Ich war nämlich gestern bei ihm zu Hause und wollte mit ihm sprechen, aber er kam bis abends nicht! – Ist ja heiß! Und jetzt bist du wieder Christ und ... lebst mit Gott?«

»Ja, genau! Und das alles habe ich nur dir zu verdanken! Ich weiß wirklich nicht, wie ich dir danken soll! Wenn du nicht gewesen wärst mit deiner Hartnäckigkeit, dann ... hätte ich vielleicht nie zu Gott zurückgefunden! Du bist wirklich für mich wie ein Engel!«, strahlte Jori. Jetzt wusste Jackie, was heute an Jori anders war: Die Traurigkeit in seinen Augen war verschwunden. Jori schien endlich wieder glücklich zu sein. Und Jackie wusste vor Freude kaum, was sie sagen sollte. Es hatte also doch noch so geklappt, wie sie erhofft hatte!

»Mensch, Jori, das freut mich total für dich! Komm, lass dich mal knuddeln!«, platzte sie heraus und umarmte ihren Freund.

»Ich freue mich auch, Jackie! Du kannst dir gar nicht vorstellen, wie!«, erwiderte Jori und umarmte sie ebenfalls.

»Tja, ich bin eigentlich gekommen, um dich zu fragen, ob du Lust hast, heute Abend zu mir zu einem kleinen Grillfest zu kommen. Felix und seine Familie lade ich auch ein und noch ein paar andere nette Leute! Dein Onkel Arne ist natürlich auch herzlich eingeladen! Es wird Zeit, dass ich ins Leben zurückfinde, und ich dachte, ein kleines Grillfest wäre vielleicht ein guter Anfang, hm? Also, kommst du?«

»Na klar komme ich!«, war Jackie sofort Feuer und Flamme.

»Gut, dann würde ich sagen: Bis heute Abend! Bis dahin habe ich nämlich noch viel zu tun!«, meinte Jori und stand auf.

»Ja, bis dann!«, sagte Jackie und begleitete ihn hinaus.

Jackie heftete ein Foto von Jori an die Pinnwand hinter ihrem Computer. Jori hatte es ihr heute mit der Post geschickt. Auf dem Bild war er als Indianer verkleidet und umringt von einigen ebenfalls verkleideten Kindern. Das Bild stammte vom Gemeinde-Sommerfest, bei dem Jori mit Felix, Anne, Anke und einigen anderen die Kinderbetreuung übernommen hatte. Er gehörte wieder voll dazu und jeder schien sich zu freuen, dass es so war. Jackie lächelte. Es tat einfach gut, Jori so glücklich zu sehen. Felix, mit dem Jackie E-Mails austauschte, hatte neulich geschrieben, Jori wäre richtig aufgeblüht und wolle auch wieder im Jugendkreis mitarbeiten, wovon die Teenager schwer begeistert waren. Natürlich war Jori immer noch traurig darüber, dass er seine Frau verloren hatte. Er konnte Jackie auch keine Erklärung dafür geben, warum Jesus das zugelassen hatte – aber Jori hatte nun wieder neue Ziele und Aufgaben und ging wieder gerne unter die Menschen. Mit anderen Worten: Das Leben hatte ihn wieder.

Jackie fiel mal wieder ihr Gebet ein, in dem sie Gott gebeten hatte, dass er ihr zeigen sollte, dass sie wichtig war. Gott hatte dieses Gebet erfüllt. Sie hatte Jori helfen können, den Weg zurück zu Jesus und zu den Menschen zu finden. Seit sie wieder in Hamburg war, besuchte sie zusammen mit ihrer Mutter eine Gemeinde. Sie wollte mehr von Jesus erfahren, der die Menschen so sehr verändern konnte wie Jori, Felix und Mama. Oft redete Jackie stundenlang mit ihrer Mutter über Bibeltexte. Es hatte sich wirklich sehr viel verändert in diesen Sommerferien! Nur Papa war leider der Alte geblieben. Er machte immer wieder blöde Sprüche über den Glauben an Gott, und hin und wieder gab es deswegen auch Streit zwischen Mama und Papa. Aber Jori hatte versprochen, für die beiden zu beten – vielleicht konnte Gott ja auch hier helfen … Schließlich hatte er auch Jori geholfen!

Und Mama!

»Jackie, kommst du? Wir wollten doch noch was für Omas Geburtstag kaufen!«, rief Mama.

»Ja, gleich!«, rief Jackie zurück. Sie sah noch einmal zu Jori an die Pinnwand, dann nahm sie ihre Jacke und lief hinaus.

NOCH EINE SACHE

Das war sie also, die Geschichte vom »Bumerang-Brief«. Ich habe sie zwar erfunden, doch was Felix in dieser Geschichte über Gott und Jesus erzählt, stimmt wirklich: Jesus sucht nach uns wie ein guter Hirte nach einem verlorenen Schaf – und er wünscht sich nichts sehnlicher, als uns von unserer Schuld und von unseren Ängsten zu befreien und aus unserem Leben etwas richtig Gutes zu machen.

Einiges aus dem »Bumerang-Brief« darf deshalb jede und jeder auch ganz persönlich für sich in Anspruch nehmen: »Liebe(r) ... (eigenen Namen einsetzen)! Du bedeutest mir so unendlich viel, als wärst du der einzige Mensch auf dieser Welt. Ich will immer für dich da sein, dein ganzes Leben mit dir teilen. Denn ich liebe dich ...«

Ich finde das großartig und kann aus eigener Erfahrung nur allen raten, dieses Angebot von Jesus anzunehmen und ihm ihr Leben anzuvertrauen.

Wer noch Fragen oder Anmerkungen zu diesem Buch hat, darf mir gerne schreiben. Eine Antwort kommt bestimmt!

Meine Adresse:

BIBELLESEBUND
z. Hd. Heidi Schmidt
Flugplatzstraße 5
Postfach
CH-8404 Winterthur

Mehr Informationen über meine Bücher und mich findet man auf meiner Homepage unter

www.heidi-schmidt-buch.de

Ich wünsche allen Leserinnen und Lesern, dass sie Jesus begegnen und dann so geniale Erfahrungen mit ihm machen, dass es sie regelrecht aus den Socken haut!

Heidi Schmidt

Der **Bibellesebund** ist eine internationale, überkonfessionelle Organisation. Sein Ziel ist es, das regelmäßige Lesen der Bibel zu fördern und Menschen mit Jesus Christus in Verbindung zu bringen. Als Hilfe für die persönliche Begegnung mit Gott gibt der Bibellesebund folgende Zeitschriften und Broschüren heraus:

Die Königstraße – für Kinder ab Vorschulalter
2 Hefte mit je 50 Erklärungen, je 64 Seiten, durchgehend illustriert

Auf der Spur – für Kinder ab ca. 7 Jahren
4 Bibellesehefte mit je 50 Erklärungen, je 64 Seiten, durchgehend illustriert

Hotshots – für Kinder ab ca. 7 Jahren
4 modern gestaltete Hefte, je 96 Seiten, durchgehend illustriert, mit 60 Erklärungen, Bibeltexten, Rätseln, Tipps

**Unsere vierteljährlich
erscheinenden Bibellesezeitschriften:**

Guter Start – für Kinder ab 9 Jahren
Spannende Rätsel, lustige Comics und ein buntes Klubmagazin helfen den Kids, Gottes Wort vom Start weg neugierig auf der Spur zu bleiben.

pur – für junge Leute ab 13 Jahren
Spaß haben und sich in der Bibel rundum zu Hause fühlen! Dafür sorgen Comics, Rätsel, Gebete, coole Sprüche und das farbige Fun-Magazin.

klartext – für junge Erwachsene
Ein ungezwungener Begleiter durch die Bibel. Auch bei schwierigen Fragen wird Klartext geredet.

mittendrin – für erwachsene Einsteiger
Praktische Anregungen und Ermutigung für den Alltag.

Orientierung – für Erwachsene
(auch im Großdruck erhältlich)
Fundierte Erklärungen und viele Denkanstöße für den Alltag.

atempause – von Frauen für Frauen
Impulse und Meditationen für Frauen, die im täglichen Leben mit Gott neue Kraft schöpfen wollen.

Anschriften des Bibellesebundes:
Schweiz: Flugplatzstraße 5, Postfach, 8404 Winterthur
Deutschland: Postfach 1129, 51703 Marienheide
Österreich: Schrempfgasse 10, 4822 Bad Goisern

Fehlstart *von Brigitte Jarnskjold-Merian*

142 Seiten, ab 13 Jahren

Mit seinen Einfällen sorgt Lex für viel Abwechslung im Konfirmandenunterricht. Dies fasziniert Beatrice. Doch als sie den Jungen aus dem Heim besser kennen lernt, entdeckt sie die vielen Widersprüche in seinem Leben.

... für mich! *von Andreas Berghöfer*

109 Seiten, ab 13 Jahren

Michaela lernt in der neuen Schule Piet kennen und verliebt sich in ihn. Dieser ist verbittert und will nichts von Michaelas neuem Glauben wissen. Erst als er merkt, dass sie ihm auf eine gute Art helfen will, öffnet er sich.

Nina, pack das Leben! *Von Margrit Schenk*

152 Seiten, ab 12 Jahren

Ein schwerer Reitunfall raubt Nina alle Lebenslust. Sie fängt an, sich mit Alkohol über ihre Depressionen hinwegzutrösten. Erst ein weiterer fast tödlicher Unfall rüttelt sie auf.

Sturz ins Leben *Von Barbara Haynes*

160 Seiten, ab 14 Jahren

Paul wacht nach einem schweren Sturz querschnittgelähmt im Krankenhaus auf. Durch qualvolle Monate mit vielen Stimmungswechseln dringt er zu einem neuen Leben mit Jesus durch.

Danias, der Träumer *von Heidi Schmidt*

199 Seiten, ab 13 Jahren

Danias ist ein absoluter Versager – zumindest fühlt er sich als solcher, besonders im Vergleich zu seinen beiden Geschwistern. Doch dann lernt er Insa kennen, ein Mädchen, das mit einem schweren Schicksal zu kämpfen hat. Und plötzlich wird alles ganz anders ...

Tommy riskiert alles *von Sandra Töngi*

100 Seiten, ab 12 Jahren

Tommy, in der letzten Schulklasse, ist fasziniert von Natz, einem Neuen in der Klasse. Da Tommy unbedingt zu Natz' Clique gehören will, tut er alles, was Natz von ihm verlangt ...

Verlangen Sie unseren ausführlichen Bücherprospekt!